LE MONDE
DE TIM

DU MEME AUTEUR

Le Monde de Tim. Éditions Pierre Guillaume de Roux. 2018.
Le vagues ne meurent jamais. Christine Bonneton. 2021.
Le Monde de Tim. Version poche. IGB Edition. 2022.

PIERRE GRAND-DUFAY

LE MONDE DE TIM

IGB EDITION

Photographie de l'auteur : Grand-Dufay
Illustration de couverture : Sandra Musy
ISBN : SBN 978-2-491770-68-6

Cet ouvrage est une œuvre de fiction qui peut néanmoins révéler certains aspects autobiographiques. Ainsi les noms, lieux et actions peuvent relever de l'imaginaire ou illustrer le passé de l'auteur. Cependant toute ressemblance avec des personnes inconnues, vivantes ou décédées, des évènements ou des situations serait pure coïncidence.

À Tim, Alice et Béatrix.

« Je crois à la vertu du petit nombre ;
le monde sera sauvé par quelques-uns. »
André Gide

Note de l'éditrice

Avec « Le Monde de Tim », l'auteur immerge dans un univers disruptif. Certains termes techniques n'étant pas communs, il m'a semblé important d'en préciser les définitions qui figurent en page 198 et 199.

1

Postés au bout du quai 35, Gare de Lyon, Paul et Claire scrutent les passagers qui descendent du train en provenance de Montélimar. Dévorés par le même stress, ils restent plantés là, sans rien se dire, se tiennent par la main et respirent avec peine.

— Il est là ! murmure Claire.

Paul la prend par le bras et l'entraîne vers l'adolescent. Ils ne sont qu'à trois voitures de lui. Ils ont tant attendu ce moment. Depuis ce jour où le notaire... Et là, à quelques pas de lui, ils n'osent pas avancer...

Au moment où Tim apparaît, Claire saisit la main de Paul, son mari. Le jeune homme descend enfin du marchepied, avec nonchalance, et laisse tomber au sol un gros sac en toile. Il ressemble à la représentation holographique* animée que le notaire a remise à Claire. Elle l'avait visionnée au moins vingt fois depuis ce matin, mais quelque chose dans le regard de Tim la séduit instantanément. Sous un grand bonnet de laine grossière tricotée au point mousse enfoncé jusqu'au front, probablement plus par habitude que pour avoir l'air d'un baroudeur, sortent quelques mèches de sa chevelure dense d'un châtain sombre. De grands yeux clairs voilés d'inquiétude, un regard aussi profond que mystérieux, la peau claire parsemée de taches de rousseur sur les ailes du nez et les pommettes qui lui donnent un charme fou.

Semblant vouloir se cacher sous des couches de vêtements disparates, pantalon de jogging un peu trop grand et plein de poches, sweat à capuche et grosses rangers couleur cigare, le look de Tim, très années 2000, est loin des standards des ados parisiens. Priorité, lui acheter une garde-robe convenable avant qu'il aille à l'école, pense Claire. L'habiller sera une chose, cerner sa personnalité, une autre. Cette incursion soudaine brouillait tous les repères.

Le vent souffle, le ciel se charge et gronde déjà. Claire ouvre son parapluie. Oui, Tim est un inconnu.

Mariés en aout 2020, Paul et Claire s'étaient rencontrés, à dix-neuf ans, sur les bancs de la Faculté de droit d'Aix-en-Provence, devenue depuis la plus importante université d'Europe avec ses 230 000 étudiants.

Leur première rencontre était encore intacte dans leur mémoire… Cet après-midi-là, le cours de droit constitutionnel endormait l'assemblée. Ceux qui ne prenaient pas de notes rêvassaient, cherchant dans l'assistance qui pouvait s'ennuyer autant. Un regard avait suffi pour qu'ils se comprennent. Claire portait une robe estivale lavande et, en mordillant son stylo fétiche, elle se demandait ce qui pourrait bien égayer sa vie trop studieuse. Elle remarqua cet inconnu plutôt beau garçon qu'elle n'avait jusque-là jamais croisé. Lui, restait fasciné par cette ravissante jeune femme dont le mouvement des doigts jouant avec ses cheveux dégageait une grande sensualité. Aucun n'avait de petit ami et n'y pensait vraiment, trop absorbés par la volonté de réussir. Sans rien se dire, ils se reconnurent, et leur rencontre devint le début d'une histoire, dès le cours achevé. Une pizza dévorée en riant, un verre de rosé frais et leurs mains et lèvres ne tardèrent pas à se trouver. Au bout de quelques jours, ils conclurent qu'il était inutile de continuer à vivre chacun chez soi. Claire habitait seule un studio plus spacieux et proposa à Paul d'y déposer ses valises. Une même table pour partager les repas et travailler, le programme des cours épinglé sur la porte de la salle de bains, une bibliothèque où les livres de l'un se mélangeaient à ceux de l'autre... Ils croyaient en l'amour et leur complicité naturelle les rendait heureux, le désir de construire à deux une histoire durable leur apparaissait une chance autant qu'une évidence. Ils ne se quittaient plus, poursuivaient ensemble un cursus brillant qui faisait d'eux des juristes émérites. Ils s'aimaient sans se poser de questions.

Cette année 2047 est l'apogée de leur carrière professionnelle : Paul est secrétaire général dans une multinationale de l'agroalimentaire, et depuis peu Claire travaille dans un des cabinets d'avocats internationaux les plus cotés de la place de Paris. Tous deux issus de milieux modestes, ils avaient rêvé de s'accomplir et se sont battus pour obtenir ce dont ils rêvaient.

Ils sont comblés ou croient l'être. De nombreux amis, une vie culturelle et mondaine presque trop remplie, un vaste appartement sur un pont-logement dans le nouveau quartier des bords de Seine dans le 12e arrondissement.

Ils sont tout simplement bien dans leur vie, persuadés d'avoir atteint un sommet dont on ne cherche pas à descendre, quitte à manquer d'oxygène. Toujours complices, ils forment un duo presque parfait, amis sans problème autant qu'amants sans crise. Différents, mais complémentaires, l'un ne fait rien sans demander l'avis de l'autre. Vingt-six ans d'une relation simple, sincère. Seul bémol : Paul et Claire n'ont pas eu d'enfant. Ils en avaient parlé au début, d'accord sur le principe, mais ce n'était jamais le bon moment, leur carrière primait et, depuis quelque temps, ils n'en parlaient plus. L'absence d'enfant était devenue au fil des années un échec cuisant, le seul dans leur vie trop bien réglée. Même si chacun en souffrait secrètement, le sujet était devenu un tabou et puis, de toute façon, il était trop tard, à quarante-huit ans, Claire considérait qu'être mère n'était plus du tout d'actualité. Bien que les avancées de la génétique et la maîtrise du génome humain permissent d'avoir sans risque des enfants à un âge bien plus avancé que le sien, Claire estimait que son horloge biologique avait sonné le glas de sa maternité. Avec le temps, les apparences étaient sauves, mais leur amour sombrait dans une forme d'indolence. Trop de travail, des habitudes devenues des garde-fous, moins de dialogue et de spontanéité avaient eu raison de leur vie sexuelle. La cinquantaine approchait et avec elle une forme de résignation. Pas d'enfant, et cette impression de tourner à vide dans un monde qui bouge à toute vitesse et demande une réactivité sans faille. L'ardeur des débuts s'était éteinte au profit d'une routine encore traversée de moments de tendresse, mais le désir désormais sans élan souffrait d'un manque d'imagination.

Aujourd'hui, sur le quai en béton impeccable, l'arrivée de Tim venait bousculer cet équilibre fragile.

Quelques jours plus tôt, Paul avait reçu un message sur le terminal de son bureau :

« *Bonjour Monsieur, Maître Lester, notaire à Paris, je souhaite m'entretenir avec vous le plus rapidement possible* ».

Paul l'avait rappelé immédiatement, surpris de l'apparente urgence de la demande.

— Bonjour Maître, ici Paul Atornet, vous avez cherché à me joindre ?

— Merci de me rappeler aussi vite, je dois vous voir le plus rapidement possible, seriez-vous disponible aujourd'hui ?

— Mais de quoi s'agit-il ?
— Je préférerais vous en parler de vive voix.
— J'ai besoin d'en savoir plus avant d'accepter de vous rencontrer !
— Très bien, il s'agit de votre cousin Léon Kristelost.
— Mon cousin ? Je ne connais personne de ce nom-là !
— Ce sera plus clair pour vous si je vous dis qu'il s'appelait autrefois François Atornet ?
— Oui, en effet ! Mais je ne l'ai pas vu depuis trente ans, aucune nouvelle, pas un signe ! Pourquoi a-t-il changé de nom ? Que lui est-il arrivé ?
— Je préfère que l'on se rencontre pour tout vous expliquer.
— Disons demain 18 h.
— Parfait, je vous attendrai à mon étude, 36 avenue Victor Hugo.

Un immeuble haussmannien. Paul était arrivé sans s'être réellement posé la question de l'objet de ce rendez-vous plein de mystère ; il n'avait tout bonnement pas eu le temps d'y penser, accaparé par ses réunions et la complexité des dossiers en cours. Il avait même oublié d'en parler à Claire. De toute façon, elle était rentrée tard et fourbue. Elle avait pris une douche en râlant, s'était massé les bras avec un mélange d'huiles essentielles, avait enfilé un pyjama en pilou et s'était endormie sans rien avoir mangé. Paul lui avait embrassé le bout du nez en écartant délicatement les mèches encore mouillées collées sur son front.

Maître Lester prend place dans un des deux fauteuils recouverts d'une soie gris pâle et Paul s'installe dans le petit canapé qui leur fait face. Le bureau de Maître Lester est à son image : sobre, raffiné, chaleureux. Une grande toile de street art très colorée contraste avec l'élégance dépouillée des meubles en bois clair au design très scandinave, un kilim berbère, une horloge Empire… Savant mélange.

— Je vous écoute.

— Je n'irai pas par quatre chemins, il s'agit de votre cousin Léon Kristelost.

— Vous voulez dire François Atornet ?

— Si vous préférez.

— La dernière fois que je l'ai vu, nous avions dix-huit ans, que lui arrive-t-il donc ?

— Je tenais à vous annoncer de vive voix une bien triste nouvelle… il est décédé.

Paul se tait, agrippant l'accoudoir du canapé, le regard éberlué. Un flot d'images oubliées défile à toute vitesse dans son esprit, aussi nettes que si elles dataient d'hier ; il revoit son enfance, le quartier du Panier à Marseille, les parties de football sur la place avec ses frères et son cousin. Les tartines du quatre-heures où les copeaux de chocolat s'engluent dans le beurre tendre. Les balades en rollers, sur les pavés et les escaliers. Les baignades dans les calanques, la pâtisserie du quartier où ils allaient acheter une navette à la fleur d'oranger, une pour deux, en se léchant le bout des doigts.

François était un gentil garçon, plutôt discret et sans histoires. Il passait beaucoup de temps à lire, assis sur le perron de leur petite maison, beaucoup d'Alexandre Dumas, des récits de voyages... Il parlait peu, mais son regard en disait long sur sa compréhension des gens et du monde. Sa petite amie s'appelait Christelle, une fille presque un peu trop jolie qui habitait rue Paradis, dans un quartier bourgeois. Elle portait toujours des sandales, des jeans moulants et attachait ses cheveux avec des chouchous de couleurs vives. Il l'attendait souvent à la sortie du lycée et rentrait avec elle. Ils restaient toujours à l'écart du groupe, l'un chuchotait à l'oreille de l'autre, ils riaient ensemble. Leur bonheur faisait plaisir à voir. Brusquement, à dix-huit ans, sans prévenir, il s'était engagé dans l'armée. Personne n'avait compris cette décision, ni le pourquoi de ce coup de tête. Les premières années, il avait donné quelques nouvelles via Instagram, un réseau social de l'époque, et puis plus rien. Il vivait à l'étranger, nous disait-on, loin de Marseille. Mais où ? On n'avait jamais revu Christelle non plus. Une étrange histoire.

— Que s'est-il passé ? Et pourquoi est-ce vous qui venez me l'annoncer ? Je ne suis pourtant pas sa famille la plus proche.

— Laissez-moi vous lire la partie du testament qui vous concerne.

Le notaire sort de sa poche une paire de lunettes connectées dont les branches rouges tranchent avec le noir de son costume ; il prend un air grave. Pendant qu'il lit le document en surimpression sur le verre de ses lunettes, le texte défile lentement, projeté sur le mur blanc dans son dos :

« Je soussigné, Léon Kristelost déclare établir mes dernières volontés dans les termes suivants : Pour le cas où je survivrais à mon conjoint, mais viendrais à décéder avant la majorité ou l'émancipation de notre fils Tim, je désigne pour assumer les fonctions de tuteur de mon fils mineur, ainsi que la faculté m'en est donnée par les dispositions du Code civil, Monsieur Paul Atornet que j'estime être le seul capable de s'occuper au mieux de ses intérêts, de son éducation et de tout mettre en œuvre pour qu'il continue d'être heureux. »

Assommé par la nouvelle, Paul, muet, garde le silence durant de longues secondes.

— Vous voulez dire que je suis désormais responsable d'un enfant que je ne connais pas ?

— Oui, c'est bien ça.

Paul reste sans voix. Un enfant tombé du ciel. Comment expliquer ça à Claire ? Comment allait-elle prendre la nouvelle ? Comment était ce gamin ? Il se gratte un sourcil, perplexe, se demande ce qu'il doit faire, jette un œil au tableau : les couleurs s'y mélangent comme les événements s'interpénètrent et la vision de ce chaos organisé l'apaise un instant. La vie semble tout à coup basculer.

— Quel âge a cet enfant ?

— Quinze ans, je crois, il s'appelle Tim.

— Un ado en plus. Que dois-je faire ? Que me conseillez-vous, Maître ?

— Vous pouvez accepter ou refuser. Si vous acceptez, vous en serez le responsable légal. Faites votre devoir ou ce que vous dicte votre cœur, il arrive que les deux se confondent. Il y a une formalité à effectuer devant le juge des tutelles, c'est tout. Vous devrez également administrer pour son compte les biens que laisse son père, un contrat d'assurance-vie, un peu d'argent sur son compte en banque et quelques actions de la CDIA, une société de distribution de matériel d'irrigation située à Marseille.

Paul estime qu'il serait indécent d'hésiter davantage, sa décision s'impose à lui comme une évidence, ils accueilleront Tim. Par respect pour la mémoire de François autant que pour combler un manque…

En apprenant l'existence de Tim et son arrivée imminente, après un instant de stupéfaction, Claire agit dans l'urgence pour lui aménager une chambre dans leur appartement, lui trouver un lycée pour la rentrée, recenser parmi les enfants de leurs relations les camarades de son âge, etc. Elle juge aussi bon de consulter un thérapeute pour se préparer au mieux à ce bouleversement, sans parvenir à imaginer ce qui allait réellement se passer.

Dans une minute, Tim serait là ; ils ne seraient plus deux, mais trois, ce couple routinier et cet enfant dont ils ignoraient tout, ou plutôt cet orphelin venant d'un univers à l'opposé du leur, allait entrer dans leur vie.

— Bonjour Tim , je suis Paul et voici Claire.

Le jeune garçon répond à cette embrassade par un simple « bonjour » et un sourire, d'une petite voix, le regard lointain. Ses yeux semblent fuir ce qu'il découvre. Son sac en toile sur l'épaule, il ne sait pas quoi dire et reste planté là, les bras ballants.

En regagnant le parking, Paul et Claire ne savent pas s'il est préférable de se taire ou de poser des questions, par crainte de l'effaroucher, ils posent chacun à leur tour une main sur son épaule…

« Tu dois avoir faim, il est deux heures passées, nous allons déjeuner à la maison, puis je t'emmènerai faire des courses, on trouve tout ce qu'on veut dans le quartier. »

— Okay, ça marche, répond Tim en s'installant à l'arrière de la voiture.

Pendant le trajet, il n'ouvre pas la bouche, sauf pour demander après vingt minutes de route : « C'est encore loin ? ». Arrivé dans l'appartement, il jette son sac sur son lit, regarde à peine à quoi ressemble sa nouvelle chambre et dévore les nuggets de poulet sans toucher à la salade. Claire l'interroge sur ses goûts : « Ça dépend des jours. » lance-t-il. « Ce n'est pas gagné », pense-t-elle.

Le soir venu, Tim s'endort vite. Paul et Claire, perplexes, parlent à voix basse de ce gamin mystérieux. « C'est un ado comme les autres. Enfin, c'est ce que j'imagine. Il n'est pas évident de les comprendre, ils sont paradoxaux. Essayer de se souvenir comment nous étions à son âge ne sert à rien, le monde a trop changé. Et puis, il est choqué. Mets-toi un moment à sa place, le traumatisme est énorme pour lui. Il est seul, déraciné, jeté dans un monde dont il ne sait rien. Je me suis toujours dit que les autres sont un mystère insondable, il faut essayer de les aimer comme ils sont. Pas évident. Et puis nous n'avons pas eu la chance d'être parents et nous ne savons pas trop comment nous y prendre. Nous allons sans doute faire des erreurs, mais tous les parents en font. On fera de notre mieux. En tout cas, c'est un sacré challenge !» Claire regarde Paul qui acquiesce, il s'approche d'elle pour la serrer dans ses bras. Leur étreinte les rassure : ils sont aussi désappointés que ce gosse venu d'une autre planète.

Tim est né en Guyane, la France de l'autre bout du monde. Son père a rencontré sa mère, Moira, sur la base de Kourou où elle travaillait dans les services de maintenance, comme femme de ménage. Très belle, peau mate aux tons cuivrés, cheveux indociles assemblés en tresses serrées, lèvres pulpeuses et fossettes, d'une nature fière et réservée, elle n'adressait la parole à personne, semblant raser les murs pour mieux se cacher. François, devenu Léon depuis son entrée dans la Légion, était lui aussi un solitaire, un bon camarade certes, mais taciturne, taiseux, souvent perdu dans ses pensées et ne partageant que très occasionnellement les loisirs de ses compagnons d'armes. Intrigué par un comportement aussi sauvage et impressionné par autant de beauté sans fard, Léon avait longtemps observé Moira, sans oser l'aborder. Il s'était renseigné sur cette presque trop jolie fille en blouse et avait fini par découvrir son secret. Fille et petite-fille de prostituées, elle était la première femme de la famille à échapper à ce destin ou plutôt à cette malédiction. Elle avait préféré rompre avec les siens et faire des ménages pour gagner très chichement, mais dignement sa vie. Ému par son histoire autant que par son physique, Léon ressentait l'envie de la protéger, au moins tenter de lui rendre la vie plus douce : cela donnerait un sens à son existence solitaire.

Il saisit l'occasion de l'arbre de Noël de la base pour lui parler ; ses « bonnes manières » respectueuses et attentives, qui tranchaient avec celle des hommes que Moira était amenée à rencontrer, firent leur effet. Elle se méfiait non sans raison des hommes qui, pensait -elle, n'ont qu'une idée en tête, mais Léon, lui, semblait différent. Il ne manquait pas de charme sous son air bourru, mais elle était d'abord sensible à cette blessure qu'il portait en lui sans jamais en parler. Cette fragilité présente chez un type aussi impressionnant la troublait. Il l'invita, elle accepta. Léon restait délicat, élégant, toujours direct dans ses réponses ; elle le crut fiable et sincère, il l'était. Trois mois plus tard, le 15 avril 2031, Léon et Moira se mariaient entre deux témoins et un an après Tim venait au monde. Ils vivaient modestement, dans une petite maison en bois, ne côtoyaient presque personne, excepté une vieille tante un peu sorcière, vieille fille qui leur apportait des légumes et des fruits, sans poser de question…

Vivre de peu jamais ne les empêcha de s'aimer, il leur semblait bien au contraire que l'unique nécessaire cimentait leur amour. Nul besoin de pis-aller, de frime, de luxe, de superflu. Pour seul bijou Moira portait un petit anneau doré qui transperçait sa narine gauche, comme toutes les femmes du village de sa grand-mère qui le portaient de manière traditionnelle en hommage à la déesse de la fertilité. Et puis Moira chantait pour un oui ou pour un non, marchait pieds nus, et son bonheur simple remplissait de joie Léon qui n'aurait jamais cru possible de rencontrer une femme aussi naturelle, aussi gaie malgré ce qu'elle avait enduré.

Tout ce que Paul avait appris du notaire, c'est que Léon, après dix-huit ans de service dans la Légion, avait quitté la Guyane pour la France et s'était installé avec femme et enfant dans un petit village ancien de la Drôme provençale du nom de Saint-Ferréol-Trente-Pas.

Tim, âgé de deux ans à son arrivée, avait grandi dans ce hameau de trois cents âmes. De rares contacts avec la ville la plus proche, Vaison-la-Romaine, distante de trente kilomètres, pas de télévision, pas d'accès à la fibre optique, aucune connexion internet à la maison, mais un grand jardin fleuri, un verger, un potager, un poulailler et un vieux vélo. La vie à la campagne, au grand air, la vie élémentaire et naturelle. Un tempérament solitaire, comme ses parents qui fréquentaient peu de monde. Moira lui parlait de sa Guyane natale, Léon de la Légion, aucun n'évoquait jamais son enfance, son passé, sa famille.

Tim parfois s'étonnait de ne pas avoir de grands-parents comme la plupart de ses camarades d'école. La réponse était toujours la même qu'elle vienne de Moira ou de Léon : « On te dira tout ça quand tu auras l'âge ». Tim ne posait plus de questions. Après tout, il était heureux comme ça.

Un soir d'hiver, en rentrant d'un dîner chez des amis à Dieulefit, la voiture de Léon et Moira avait dérapé sur une plaque de verglas et fini sa course dans le ravin des gorges de Trente-Pas. Ils étaient morts sur le coup, dans une neige fraîche, leurs corps imbriqués n'en formaient plus qu'un

2

Avec seulement quelques vêtements pour seul bagage, rien d'autre, Tim arrive à Paris en traînant les pieds, son regard trahissant sa détresse. Paul sent que ce déracinement est terriblement lourd à surmonter. Avec l'aide du notaire, il récupère, avant que la maison soit mise en vente, tout ce qui composait le cadre familier de Tim, photos, livres, bibelots, à croire qu'il a grandi au XXe siècle.

Entouré des témoins et des reliques de son enfance, Tim prend lentement possession de sa chambre, grâce à Claire qui l'a aménagée avec amour. Sur une commode, une photo de ses parents main dans la main, dans une campagne luxuriante d'un vert profond, baignée d'une lumière soyeuse. Il arrive que le cadre soit retourné : regarder ce bonheur défunt est parfois insupportable, il rappelle une mort violente, injuste, le scandale d'une absence lourde, une affection aujourd'hui éteinte. Deux corps dans une terre pierreuse et acide, deux noms sur une dalle de ciment que cuit le soleil… À tour de rôle, Claire et Paul prennent du temps pour s'occuper de Tim avant son entrée au collège. Ils essaient de dissoudre son chagrin et quelle meilleure thérapie que de lui faire découvrir Paris ? Malgré sa tristesse, Tim est curieux de tout. Chaque jour est l'occasion de visiter à pied un nouveau quartier. En cette année 2047, la métropole francilienne compte plus de seize millions d'habitants.

Réinventée par une équipe d'architectes bioclimatiques, la Ville lumière est devenue une ville végétale. Un chantier titanesque de quinze ans a redessiné la totalité de la Capitale, l'équivalent de l'œuvre du Baron Haussmann accomplie sous Napoléon III au XIXe siècle. Tout a été repensé.

Désormais multifonctionnels, les bâtiments marchent à énergie positive*. De nombreux buildings à capteurs solaires, capables de redistribuer le surplus d'énergie, surplombent les immeubles anciens. Paris compte des ponts-logements, des éoliennes, des turbines hydroélectriques, d'immenses fermes solaires verticales semées le long du boulevard périphérique, des tours dépolluantes photo-catalytiques*. Les couloirs du métro sont ornés de plantes et de fleurs, la lumière du soleil nécessaire à la photosynthèse captée en surface puis conduite sous terre au moyen de miroirs et de fibres optiques.

Les zones piétonnes très fréquentées sont recouvertes d'une surface piézo-électrique, une technologie qui produit de l'électricité par la friction des pas sur le revêtement, le reste des besoins étant couvert par cellules photovoltaïques et nano antennes infrarouges. Grâce à ces nouvelles technologies et suite à la prise de conscience collective des dangers de la pollution domestique, les émissions de gaz à effet de serre ont été réduites de 80 % par rapport au début du siècle. Les toits des immeubles sont équipés de « montagnes solaires hydrodynamiques » capables de fournir de l'électricité et de l'eau chaude utilisable grâce à des panneaux solaires et un système de purification de l'eau de pluie. Pour sauver le monde et l'homme, il aura suffi d'une décision politique assez courageuse, assez volontaire pour sortir d'une impasse ou plutôt d'une catastrophe annoncée par des rapports du GIEC toujours plus alarmants. Évidemment, cela ne s'est pas fait sans encombre. Il a fallu batailler, convaincre, diffuser des projections alarmantes, le nombre de morts déjà causés par les microparticules, les conséquences terribles si rien n'était efficacement fait… et surtout, le coût astronomique du laisser-faire. Il a fallu que la facture énergétique devienne écrasante, que les risques de manque d'eau se précisent, menacent des centaines de millions de personnes, que nombre d'espèces animales disparaissent, que les dommages endocriniens soient irréversibles, que la fécondité soit en berne pour adopter enfin une autre approche. L'urgence de la sauvegarde était devenue une urgence à agir. Tous dans le même bateau, les hommes n'étaient pas fous au point de le saborder pour couler ensemble.

Adieu lampadaires et vieux réverbères, Paris s'éclaire aujourd'hui tout seul, à la nuit tombée, grâce à sa végétation bioluminescente, issue de la technologie de conversion d'énergie organique en lumière. L'intelligence artificielle est présente partout, tous les objets sont interconnectés et les informations transmises entre eux par millions chaque seconde. La plupart des Parisiens sont équipés d'un assistant personnel, sorte de smartphone doté d'un programme informatique capable de mémoire et de raisonnement critique, de perception visuelle en interprétant des images et des scènes, et de compréhension du langage parlé. Les assistants personnels - les IA comme on les appelle pour « intelligence artificielle » - se portent au poignet, comme des montres, et se rechargent à la chaleur humaine grâce à un chargeur thermoélectrique et aux mouvements du poignet. Ils connaissent tout de leur propriétaire, possèdent la mémoire des événements, détiennent toutes les données sur leur environnement, analysent les émotions du porteur en captant en permanence les signaux de rythme cardiaque, tension artérielle, sudation et température corporelle. Paul ne quitte jamais le sien, qu'il a baptisé Esther et dont il est très fier de dévoiler les talents à Tim :

— Regarde, je te présente Esther, mon IA !

— Qu'est-ce que c'est ? lui répond Tim, en levant vaguement les yeux du bol de céréales dans lequel il était plongé. - Et ça sert à quoi ?

— Esther est mon assistante personnelle ! Elle est dotée d'une capacité bien supérieure à la mienne, elle connaît mon emploi du temps, gère mes rendez-vous, rédige seule certains de mes e-mails, répond dans la seconde à toutes les demandes d'informations que je lui soumets et les devance quelquefois. Elle me donne aussi des conseils, car elle connaît même mes goûts, mes habitudes, mes loisirs et mes plats préférés… mes défauts aussi !

— Ça alors, c'est ouf ! répond Tim, que la présentation d'Esther a finalement incité à se désintéresser du bol de céréales. Mais comment ça marche ?

— C'est juste un algorithme, une sorte de logiciel, qui a été miniaturisé pour entrer dans une montre et qui peut emmagasiner un nombre gigantesque d'informations et les utiliser en les organisant quand une question précise lui est posée. Comme ces logiciels ont en mémoire la totalité des informations qui concernent la question que tu leur poses, ils peuvent t'apporter les réponses qu'un humain serait incapable de te donner ! Et puis, elles répondent à ta voix, car elles comprennent le langage parlé aussi bien que toi et moi et les derniers modèles comme Esther sont équipés de caméras miniatures et de capteurs qui peuvent analyser ton état émotionnel, si tu es stressé, triste ou joyeux, ou en colère par exemple, et te faire modifier ton comportement en fonction de cet état. Elles peuvent aussi détecter les émotions de ton interlocuteur en décomposant les mouvements de son visage. Je ne pourrais plus me passer d'elle aujourd'hui.

— Bonjour, Tim, ravie de faire ta connaissance, dit Esther d'une voix enjouée.

— Bonjour, Esther, répond Tim… Waouh, c'est incroyable ce truc ! Et Claire, elle n'est pas jalouse ?

— Mais ça n'a rien à voir… C'est une machine !

Très impressionné par cette incroyable technologie, Tim est aussi touché par l'attention de Paul, qui parle d'Esther comme un enfant décrirait son premier ours en peluche. Il apprécie Paris aussi, dont il découvre le charme et la beauté. Elle n'est plus la ville invivable, bruyante et polluée dont il avait entendu parler. Chaque sortie devient un prétexte à de nouveaux achats, un sac pour Claire, dont le dressing est déjà saturé, des chemises ou des cravates pour Paul, qui n'en manque pas non plus… Tim n'échappe pas à la frénésie de shopping de ses nouveaux parents. Lui qui est arrivé avec un sac de voyage, repartirait aujourd'hui avec deux malles pleines… Ils veulent le gâter, sans comprendre que, pour lui, tout ça n'a aucune importance.

La vie sociale occupe une large place chez les Atornet qui tiennent à présenter Tim à tous leurs amis. Lorsque Tim les entend parler « boulot » comme ils disent, cela ressemble à une évaluation comparative, une sorte de compétition où chacun fait valoir ce qu'il a réussi de mieux que les autres, à l'image des systèmes de notation sociale instaurés depuis l'été 2026 et qui poussent chacun à surveiller en permanence la note des autres. La technique avait tant favorisé l'expansion des moyens de communication que les conversations dignes de ce nom, celles où l'on se confie au point parfois de se mettre à nu, semblaient appartenir à un âge révolu.

Se parler face à face supposait une liberté que le virtuel avait récupérée à son seul profit. Autrefois, il était permis de tout se dire ou presque, mais des filtres s'étaient glissés entre l'apparence et la réalité. De nouvelles postures s'étaient mises en place, chacun craignant qu'on fît mauvais usage de ce qu'il aurait eu le tort de dire et qui, mal interprété, pourrait lui nuire. La société s'étant profondément judiciarisée, chacun désormais craignait d'être traîné devant les tribunaux pour une phrase malheureuse ou une opinion jugée tangente. La vérité semblait être un mot destiné à recouvrir un ensemble de données en constante évolution, dans un temps T, sujette à caution, la vérité sur soi devenait impossible à exprimer ou à définir. Le culte des apparences et les contraintes du politiquement correct étaient tels que la moindre singularité semblait une anomalie, presque une tare…

« Comme ce doit être dur de vivre comme ça » pense Tim qui éprouve envers eux une sorte de compassion.

Avec leurs amis intimes, Claire et Paul ont institué le rituel dîner pique-nique en famille du dimanche soir, qui se déroule en alternance chez chaque couple. C'est ainsi que Tim fait la connaissance d'Alice, la fille d'Antoine, le meilleur ami de Paul.

Blonde aux longs cheveux lisses, les yeux bleu ciel rieurs et malicieux, Alice dégage une sorte de charme solaire qui attire irrésistiblement. Tim apprécie sa vivacité et sa joie de vivre communicative. D'emblée, il se sent en confiance. Jusqu'à présent, il n'a jamais vraiment eu l'occasion de se lier avec une fille ; il y en avait bien sûr dans son village, mais celles que l'on croise tous les jours font tellement partie du décor qu'on ne prête même plus attention à leur présence. À quinze ans, il aurait bien envie d'une relation plus intime, d'une amitié amoureuse, d'un flirt. Pour meubler, il lui raconte sa vie dans la Drôme, son village, ses collines aux courbes sensuelles, la douceur de vivre, l'implacable soleil d'été, la violence tenace du mistral en hiver. Alice écoute, questionne, comprend sa nostalgie, déjà séduite par le naturel de ce garçon qui ne cherche pas à l'épater ou à lui raconter des histoires.

- Tu seras heureux ici aussi, ne t'inquiète pas. Évidemment, c'est perturbant de passer d'un monde à l'autre, mais ils sont gentils, tu verras.

— Mes parents me manquent, même si c'est vrai que Claire et Paul sont adorables avec moi. Ils s'agitent beaucoup, mais ils finiront bien par se calmer. Tes parents vivent aussi à cent à l'heure ? Ta maman semble fatiguée…

— Ils vivaient comme ça oui, mais depuis quelque temps, ils ont changé… et tant mieux.

Leur conversation est interrompue par Claire :

— Tim, nous rentrons, demain c'est ta première journée au lycée, mieux vaut te coucher tôt ! Paul a des dossiers à boucler et moi, j'ai une réunion importante puis un avion pour New York à 11 h.

— Tu pars à New York ? Pour y faire quoi ? Et tu rentres quand ?

La question de Tim illumina le cœur de Claire, il avait donc besoin de sa présence…

— J'y vais seulement pour la journée.

— Hein… tu vas en Amérique le matin et tu rentres le soir ?

— Oui, tu sais, je prends le Transky, 1 h 15 de vol. Je serai de retour dans la soirée, un peu tard.

Claire avait insisté pour annuler le déplacement, ne voulant pas laisser Tim, mais son patron avait exigé qu'elle se rende à New York pour la signature de ce deal sur lequel ils travaillaient depuis des mois. Aussi avait-il accepté qu'elle prenne ce vol qui lui permettait d'être rentrée le soir même, bien que son coût soit absolument exorbitant.

En 2041, la joint-venture* franco-américaine Airoing avait réussi à mettre au point un appareil hypersonique capable de voler à une vitesse de près de 5 000 km/h, à une altitude de 10 000 pieds, soit environ 30 000 mètres. Ressemblant à une petite navette spatiale, évoluant dans la stratosphère, cet engin pouvant accueillir 50 passagers avait été salué par la communauté scientifique mondiale : deux moteurs d'avion pour décoller, un moteur de fusée pour prendre le relais, le tout sans kérosène ni gaz à effet de serre ! Pour seuls carburants de l'hydrogène et de l'oxygène liquides dont les échappements ne sont constitués que de vapeur d'eau. Grâce à la réduction du bruit causé par le franchissement du mur du son, qui se dissipe avant de toucher le sol, les vols supersoniques au-dessus des continents ont finalement été autorisés par la fameuse convention internationale de Tokyo en février 2039.

Claire l'a déjà pris deux fois et adore ce vol. Une sensation d'absolue liberté, traverser l'Atlantique en une heure, passer la journée à New York et retrouver son appartement parisien à la nuit tombée créait chez elle un plaisir sans mélange.

Pendant le trajet du retour, Tim reste silencieux.

— À quoi penses-tu, mon chéri ? As-tu passé une bonne soirée ?

— Oui, ça peut aller. Heureusement que j'ai rencontré Alice, elle est vraiment super ! J'espère la revoir très vite. Autrement, je commençais à trouver le temps long. Je peux poser une question ?

— Bien sûr, n'hésite pas !

— Est-ce que les parents d'Alice ont un problème ?

— Un problème ? Que veux-tu dire ?

— J'ai trouvé que Françoise, sa maman, avait l'air triste, Alice était sur le point de m'en parler quand tu es venue me chercher.

— Ah bon ! Je ne sais pas.

— Pourtant, ce sont vos meilleurs amis, c'est étonnant qu'ils ne vous aient rien raconté. Je ne devrais peut-être pas vous dire ça, mais je trouve que ce soir vous avez beaucoup parlé, mais vous n'avez rien dit de vous, de vos soucis ou de vos joies, rien de ce qui vous touche ou vous concerne, vous ne vous êtes rien raconté… et puis, on dirait que vous ne vous écoutez pas. Vous dites des choses en fonction de ce que vous voulez que l'autre pense de vous. Tout ça est faux. Tout ce bluff, cette esbroufe, c'est triste à en mourir. Personne ne dit ce qu'il ressent vraiment. Ça sert à quoi de jouer un rôle quand tous les acteurs jouent le même ? C'est idiot.

Tim se tait, un peu gêné de ce qu'il vient de dire. Qui est-il pour oser porter un tel jugement ? Il ressent cette distance, cette réserve, ce vide, cette facticité dans les rapports entre adultes qui se prétendent amis. Loin d'être choqués, Claire et Paul réfléchissent. Tim se demande pourquoi les Parisiens manquent à ce point de naturel, mais reste silencieux. « Des mouches dans un bocal » pensait-il, « beaucoup de bruit pour rien. Ils sont déjà morts pour moi. » Depuis quelque temps, Antoine et sa femme sortent moins en effet, ils ne sont pas venus au dîner de dimanche dernier et, à bien y réfléchir, Françoise semblait perturbée.

Paul pense que Tim a raison : dans ce rendez-vous hebdomadaire entre vieux copains, il n'y avait pas de place pour les confidences ou les états d'âme ; on ne parlait que de performances boursières ou professionnelles, de politique en critiquant tout et son contraire, chacun voulant se montrer sous son meilleur jour. Un petit cercle de privilégiés qui croit être une élite, où les faiblesses étaient soigneusement occultées, où la compétition pour être le meilleur était exacerbée et jamais satisfaite.

Du haut de ses quinze ans, Tim a ressenti cela, cette mise en scène ; il a décidément une sensibilité étonnante, une exacte perception de la psychologie des adultes convaincus d'avoir tout réussi, mais incapables pour autant de montrer leurs vrais visages. Son deuil a probablement accru sa réceptivité à fleur de peau. Paul se promet d'en parler avec Claire.

Dans l'immédiat, une date symbolique approche, celle du renouvellement de leur contrat de mariage. Depuis 2027, le mariage civil a été remplacé par un contrat à durée déterminée, renouvelable devant le juge aux affaires familiales. L'espérance de vie est telle que s'unir pour la vie n'était plus envisageable, on se marie désormais pour cinq ou dix ans reconductibles. L'emballement des progrès de la science et de la médecine ont modifié les mentalités et les mœurs. Hier, on s'aimait pour la vie, mais comme la vie était devenue bien plus longue en l'espace de deux, trois générations, on s'aime désormais pour un temps. On peut s'engager dans un CDD amoureux sous conditions. D'autres n'acceptent que des micro-contrats de six mois, une sorte de période d'essai qu'il est possible de reconduire ou de rompre sans formalité ni préavis.

La prorogation du CDD de dix ans renouvelables aux mêmes conditions permet aussi de formaliser l'adoption plénière de Tim. Cette cérémonie républicaine est, selon les couples, un simple passage au tribunal d'instance ou l'occasion d'organiser une grande fête. Fiers de leur nouvelle famille, Paul et Claire veulent choisir cette option, mais quand ils en parlent à Tim, il se montre réticent.

— Je ne veux pas vous faire de peine, mais pour moi la meilleure façon de célébrer mon adoption est de passer une soirée avec vous deux, à la maison. Et puis, de toute façon, vous êtes bien obligés de m'adopter, autrement, je me retrouverai dans une famille d'accueil qu'on m'imposerait et ce serait pire pour vous de me savoir malheureux. Nous avons fait beaucoup de choses depuis mon arrivée, j'ai besoin d'être tranquillement avec vous, je veux apprendre à mieux vous connaître, car maintenant c'est vous qui allez être mes parents.

— Je suis d'accord, dit Paul, restons tous les trois. Nous allons faire un bon dîner, boire un peu de champagne et trinquer à cette grande journée.

Décidément, Tim n'était pas un garçon ordinaire.

3

Le lendemain matin, Paul, encore plongé dans la conversation de la veille, comprend subitement qu'il est en retard. Il a rendez-vous avec un des plus importants clients de la compagnie. L'estomac noué, il avale un thé à toute vitesse et monte dans son véhicule.

— Au bureau !

Esther lui répond immédiatement en se connectant à l'intelligence artificielle de l'automobile : « Bonjour Paul, je sais que vous n'avez pas très bien dormi, mais je sais aussi qu'aujourd'hui sera une bonne journée et qu'un agréable dîner vous attend ce soir ! Vous disposez d'environ vingt-cinq minutes pour vous détendre, le temps du trajet. »

— Peux-tu m'ouvrir le document que j'ai créé hier soir ?

Le pare-brise et les vitres s'assombrissent aussitôt pour devenir des écrans et le dossier demandé s'ouvre face à lui. Paul saisit le clavier holographique qui apparaît sur le tableau de bord. Après quelques minutes, nerveux, ses mains sont moites, le trajet est trop embouteillé :

— Je passe en manuel !

— Voulez-vous vraiment passer en mode manuel ? Il vous reste environ dix-sept minutes de patience étant donné le trafic.

— Oui, je vais prendre un raccourci que tu ne connais pas.

Le pare-brise s'éclaircit :
— C'est bien ce que je pensais, tout le monde est en pilotage automatique, les itinéraires sont saturés.
— Je vous sens tendu, vos constantes vitales sont instables, souhaitez-vous un autre niveau d'assistance ?
— Non, merci, mais j'ai un rendez-vous important et je ne peux pas arriver en retard.
— Oui… je sais, répond Esther sur un ton irrité pour montrer à Paul qu'elle connaît aussi bien que lui son emploi du temps.

Dans un silence quasi total, la voiture passe « mode manuel » et traduit les tensions que Paul ressent en activant un dégradé de couleurs visibles à l'extérieur. Dès qu'un véhicule n'est plus automatiquement guidé, l'abondance de la publicité urbaine saute aux yeux, alors qu'elle reste inactive pour les usagers qui ne regardent pas à l'extérieur, concentrés sur leurs documents ou leur film.

Le raccourci ayant fait gagner cinq bonnes minutes à Paul, il repasse en mode automatique pour que l'IA gare le véhicule en interrogeant l'IA du parking de l'immeuble. La voiture se met en charge et ouvre la portière.
— Bonne journée Paul et à ce soir !

Il se dirige vers l'ascenseur qui connaît son étage, son heure prévisionnelle d'arrivée et son agenda du jour. À peine entré dans son bureau, les écrans holographiques s'allument et ouvrent automatiquement le document sur lequel il a travaillé la veille et qui correspond à son entretien.

— Votre rendez-vous est là, annoncent de petits haut-parleurs ultra directionnels positionnés au plafond et pouvant viser une seule personne sans que les autres entendent.

— Je coupe vos autres notifications.

— Okay, merci, Esther… mon IA préférée !

Laura, la très efficace assistante de Paul, accueille son visiteur avec son grand sourire habituel :

— Bonjour, Monsieur Yakasy, entrez, je vous en prie. Souhaitez-vous un café ? Une autre boisson ?

— Monsieur Yakasy prendra volontiers un thé vert sans sucre, répond aimablement la collaboratrice qui accompagne l'invité de Paul.

Esther suit l'état émotionnel de Paul, lui permettant d'enregistrer et d'analyser son ressenti face à ce client qu'il rencontre pour la première fois. Anissa, la directrice juridique de la compagnie, prend place à sa droite et la discussion s'engage. Le traducteur instantané est opérationnel, les deux parties peuvent communiquer sans interprète.

Après une matinée d'âpres négociations, Monsieur Yakasy prend congé, Paul semble plus détendu. Esther l'a senti et lui propose les menus du jour servis par le restaurant d'entreprise.

— Ce n'est pas terrible ce que tu me proposes !

— Oui, mais comme vous aurez un dîner copieux ce soir, je vous suggère la salade de la mer, celle que vous aimez et que vous digérez le plus facilement. Elle est accompagnée d'un pain sans gluten et d'une boisson à base de citron, gingembre et curcuma.

Esther connaît les goûts et les habitudes de Paul par cœur, elle a pu analyser ses réactions chaque jour depuis ces cinq dernières années et mémorise toutes les données alimentaires, médicales et émotionnelles le concernant. Lorsque Paul quitte le bureau, les volets photovoltaïques s'abaissent automatiquement et suivent le mouvement du soleil pour passer en mode « production et stockage ».

À son retour du restaurant, l'IA prend l'initiative d'augmenter d'un degré la température du bureau, change la couleur de la lumière de la baie vitrée et projette sur le mur blanc, face au canapé, une des toiles qu'il aime regarder : « Une jeune Égyptienne aux oranges » de Charles Landelle, peintre orientaliste de la fin du XIXe siècle... Paul s'allonge sur son canapé et se détend quelques minutes.

— Peux-tu envoyer un message à Tim pour lui demander s'il a besoin de quelque chose ? Ce n'est pas dans son habitude d'avoir des exigences, alors je dois prendre les devants. Demande aussi à Max de changer les draps, j'ai envie de me coucher dans un lit qui sent le frais, et bloque toute demande de contacts pendant trente minutes, je suis fatigué, je voudrais me reposer.

Le goût de citronnelle fraîche se diffuse encore sur son palais ; cette salade était parfaite. « Je ne pourrais plus me passer d'Esther ! Je me demande comment j'arrivais à m'en sortir avant qu'elle s'occupe de tout ou presque. Mais Tim a raison, je ne dois pas pour autant faire l'impasse sur mes émotions, mes sentiments et cultiver des rapports directs et simples… »

Paul ne s'accorde que quelques instants de repos, mais, craignant de s'endormir, il rentre. Tim a besoin que Paul augmente le plafond de sa carte de crédit. Esther s'apprête à le faire. « Que peut-il bien acheter ? se demanda Paul. Des babioles sans doute… »

4

— **Alors ma chère Claire,** comment se porte votre nouvel arrivant ?

Absorbée par son dossier, Claire n'a pas entendu arriver son patron. Grand et svelte, Jean-François de La Rivardière, Directeur Général du cabinet d'avocats international Truchot-Herschey et Associés, arbore la soixantaine triomphante, une barbe de deux jours impeccable, les sourcils débroussaillés, le teint hâlé. Un jogging quotidien sous la direction d'un coach privé et un contrôle rigoureux de ses calories lui permettent de conserver une silhouette d'athlète et de se glisser dans les costumes très ajustés de son célèbre tailleur londonien Baker. Les rides du lion barrent son front et de larges pattes d'oie rappellent le travail du temps et la fatigue accumulée, mais des applications régulières d'autobronzant associées à des solutions buvables à base d'hormones entretiennent sa bonne mine et les masquent, pense-t-il. Un moment tenté par un lifting, il a finalement abandonné l'idée, craignant, à plus de soixante-cinq ans, les risques d'une anesthésie générale.

Jolie, élégante, diplômée de l'université de Georgetown, son épouse Béatrix est l'aînée d'une riche famille wasp de Boston, les White Anglo Saxon Protestant, qui demeurent une référence sûre, du moins dans un petit milieu d'héritiers très privilégiés. Petite fille d'une aristocrate flamande et fille aînée de John Herschey, le fondateur du cabinet, elle passe dans la vie en classe affaires et donne le sentiment de ne pas se soucier du commun, de tout ce qui n'entre pas dans son monde. Malgré la discrétion que son éducation lui a inculquée comme règle élémentaire, elle porte un regard toujours pertinent sur les choses de la vie et Jean-François la consulte sur tous les sujets. Avec deux enfants, un garçon, une fille, « le choix du roi » se plaisent-ils à dire, brillants dans leurs études comme dans leurs mariages, il semble qu'un concours de bonnes fées ait présidé au destin de Maître de La Rivardière. La profession, comme ses associés et ses collaborateurs, loue son caractère chaleureux, presque trop affable, même si certains de ses confrères, sans doute des jaloux, qualifient son sourire de carnassier et son ambition, de cancer.

Pour Claire, JFR, comme on l'appelle au cabinet, est un mentor, une autorité professionnelle et personnelle qu'elle respecte et dont elle attend non seulement les conseils, mais encore les appréciations personnelles. Elle vit au rythme de ses commentaires, heureuse quand il la complimente, désappointée quand il ne semble pas totalement satisfait de son travail.

Fille unique, élevée par des parents modestes, une mère cantinière dans un collège, un père agent d'entretien à la SNCF, elle avait pu compter sur leur affection sans borne et leur sacrifice financier, mais pas sur leurs avis pour progresser dans ses études puis sa carrière. Se faire tout seul n'était pas, dans son cas, une formule, mais une expérience lourde d'engagements, de ténacité, de rigueur. Son recrutement par le cabinet T&H, un des meilleurs des places de Paris et de Washington, avait été une chance extraordinaire, liée sans doute à son remarquable mémoire sur « *la personnalité juridique des Intelligences Artificielles* », qui avait fait grand bruit en lui assurant une renommée qui précédait son expérience.

Dès le début, JFR prend Claire sous son aile. Il lui confie les dossiers sensibles, relit à sa demande ses conclusions, oriente sa stratégie de défense, allant même jusqu'à l'accompagner aux réunions décisives, ce qui, compte tenu de sa propre charge de travail, est réellement un signe de soutien sinon d'affection.

Comme JFR, la plupart des associés du cabinet sont issus de milieux aisés et Claire, sans en avoir conscience, souffre d'une sorte de complexe d'infériorité en raison de ses origines. Ses collègues s'ingénient à lui faire bien sentir qu'un fossé impossible à combler les sépare d'elle, par d'infimes détails, des allusions : « Bravo Claire, surtout quand on sait que ça n'a pas dû être facile pour toi d'arriver là, tu n'as pas bénéficié de conditions favorables comme nous... » Ce petit « nous » qui en dit long et que Claire entend comme une espèce d'insulte. Faire ses preuves, encore et toujours, reste son obsession, son défi quotidien. Sa quête de reconnaissance l'a transformée en bourreau de travail. Elle en fait beaucoup plus que les autres, beaucoup trop.

À la pointe de la technologie, le cabinet T&H bénéficie de logiciels d'intelligence artificielle capable d'analyser en quelques secondes la jurisprudence des juridictions de plus de vingt pays. Alors qu'une équipe d'avocats stagiaires y aurait passé une semaine à raison de dix heures par jour, les IA décortiquent en quelques minutes des milliers de textes, accords et jugements puis proposent instantanément une position juridique fiable et étayée. Les algorithmes permettent aussi de choisir les bonnes stratégies de défense en fonction des différentes juridictions et des moyens déployés par les parties adverses. Ils peuvent déduire l'issue des décisions de justice avec un taux de réussite proche des 90 %, en combinant l'analyse sémantique et la *machine learning** appliqués aux centaines de milliers de textes et sentences rendues. Forts de ces analyses extrêmement précises, complètes et pertinentes réalisées en amont, les avocats du cabinet sont en mesure de conseiller au mieux leurs clients. Leurs honoraires sont évidemment proportionnés à leur efficacité. Les quatre ingénieurs *data scientists** et mathématiciens employés à plein temps par T&H font régulièrement évoluer les IA du cabinet ; c'est sur eux désormais que repose une grande partie de la performance des avocats. Les tribunaux européens sont également équipés de ces technologies : tous les jugements, rapports d'experts et conclusions sont numérisés, synthétisés et classés par les algorithmes judiciaires qui les mettent ensuite à disposition des juges pour les aider à trancher, grâce à l'analyse statistique des décisions.

Le juge prend la décision finale, mais l'automatisation du processus judiciaire réalisé par les IA permet de rendre une justice plus impartiale encore, évitant que le jugement ne soit trop influencé par l'idéologie du magistrat ou le contexte de l'affaire ; ces améliorations sont notamment visibles en matière de droit social, les conseils de prud'hommes ayant été les premiers à être équipés de ces technologies.

JFR a sympathisé avec Paul dès leur première rencontre, lors du dîner annuel du cabinet auquel les conjoints sont toujours invités. Et régulièrement, les La Rivardière reçoivent les Atornet à dîner dans leur résidence de la rue du Faubourg Saint-Honoré. Leurs moyens leur permettent un luxe interdit à nombre des plus aisés : se payer les services d'un majordome, de deux valets et d'un cuisinier à demeure. Le personnel humain étant considéré par cette caste gangrénée par un snobisme atavique comme un luxe nécessaire, tellement plus chic que les IA alors très répandues. Pour JFR, ne pas avoir d'enfant est « une preuve de sagesse, presque de bon sens, si une femme veut réellement accomplir une carrière digne de ce nom », comme il l'avait dit à Claire. « Elle peut ainsi déployer son talent dans son métier, sans entrave… » L'arrivée de Tim dans le foyer Atornet modifie la situation et Claire sent que la question n'est pas anodine.

— Tim va de mieux en mieux, il s'adapte bien à son lycée, et je suis sûre qu'il va très vite se faire des amis.

— Vous m'en voyez ravi, plus il aura d'amis, plus il sera autonome et moins vous aurez de contraintes. Les carrières des femmes sont souvent gâchées par la maternité, soyons honnêtes. Heureusement, je ne vous sens pas assujettie à cet état d'esprit. Après tout, vous faites votre devoir en accueillant cet enfant et cela vous honore, mais pour autant, inutile de lui sacrifier votre réussite professionnelle. Vous ne seriez payée de votre investissement que par de l'ingratitude.

Choquée par ces propos, Claire préfère ne pas relever et revient sur le terrain moins glissant des dossiers en cours.

— Jean-François, est-ce que vous avez un moment pour que nous parlions du dossier de la cession de la licence d'exploitation de la ferme d'éoliennes flottantes en mer du Nord ?

Deux heures plus tard, Claire boucle ses conclusions grâce aux conseils de JFR…

Demain, elle entamera la formation qu'elle a demandée sur l'évolution du droit environnemental en

Chine. En rentrant chez elle, vers vingt heures, elle retrouve Tim qui revient de son cours de yoga.

— Je ne t'ai pas vue ce matin, tu as dû partir très tôt, une fois de plus ? Tu as l'air fatiguée, lui dit-il en prenant sa serviette. Ton cartable pèse un âne mort, tu transportes quoi, des cailloux, des lingots d'or ?

— Non, juste des dossiers. Bien que ce soit idiot de se trimballer avec des versions papier au lieu de travailler sur une tablette, je te l'accorde. Tu sais, j'entame une formation demain, alors je serai obligée de les traiter de la maison après dîner. Et puis, je fais partie des rares personnes qui préfèrent encore travailler à l'ancienne que sur écran.

— Ah non, tu ne vas pas en plus travailler le soir…

— Je n'ai pas vraiment le choix, mon chéri, si je ne traite pas mes clients, non seulement je perdrai mes bonus, mais en plus, les autres associés risquent de me les prendre.

— Alors là, ce serait vraiment incroyable. Comment ils peuvent faire ça ? Tu vis dans un monde pourri.

— La compétition est permanente au cabinet : au début, c'est pénible et éprouvant après, on s'habitue.

— Mais toi, tu ne fais pas comme eux, tu n'es pas comme ça ?

— Hélas, c'est la règle du jeu. On la suit ou on est éjecté.

— Comment peux-tu être heureuse dans ton travail, dans ces conditions ? Tu devrais penser plus à toi, à Paul et profiter de la vie. Et puis, ce Jean-François, ton chef, tu parles toujours de lui en bien, mais moi, je crois que ce n'est pas ton ami, il te fait plus de mal que de bien ! J'ai vu une photo de lui dans un magazine sur le net, il a une tête de faux jeton.

— Tu le juges un peu vite, Tim, tu ne le connais pas.

— Je n'ai pas besoin de le rencontrer, répond Tim, je vois bien ce qu'il produit chez toi : un malaise ! Il t'exploite et tu le laisses faire.

Paul qui a entendu la conversation entre dans la pièce en déboutonnant sa chemise.

— Je comprends ce que tu dis, Tim, mais Claire ne peut pas faire autrement si elle veut mener la carrière qu'elle mérite ! Et si elle veut atteindre les salaires maximums de sa profession, elle doit se battre comme tout le monde. Elle a tant travaillé et fait de sacrifices pour en arriver là ! Renoncer reviendrait à tout ruiner.

— Mais pourquoi ? Je ne vois pas l'intérêt de foutre sa santé en l'air pour avoir juste de l'argent ! C'est idiot. Vous avez tout ce qu'il faut, à quoi ça sert de gagner plus, toujours plus ? Vous travaillez tellement que vous n'avez même pas le temps d'en profiter. Avec papa et maman, on n'était pas riches, mais on ne manquait de rien, et surtout, on était tout le temps ensemble. Ils étaient moins bêtes que vous.

— Tu exagères. Ils menaient une autre vie voilà tout. Mais ce qu'on fait nous passionne. C'est le principal, non ?

— Si tu le dis… il y a d'autres choses à faire dans la vie que de passer son temps à s'épuiser.

Sa serviette de toilette sur l'épaule, Tim se dirige vers la cuisine pour préparer une tasse de chocolat.

— Paul, n'oublie pas d'augmenter le plafond de ma carte s'il te plaît, j'ai des imprévus…

— Oui je m'en occupe. Mais tu avoueras que ta demande n'est pas banale : tu viens de nous dire que l'argent ne fait pas tout et tu me demandes de t'en donner plus, c'est un peu contradictoire, non ?

— J'ai besoin de nouveaux programmes pour les cours et c'est super cher. Je vais essayer de les commander en version digitale pour payer moins.

— Okay, mais je les trouve bien chers ces cours !

répond Paul d'un air dubitatif.

T'inquiète, je gère ! Et moi je ne te demande pas combien tu payes tes costumes, lui lance Tim en quittant la pièce.

5

La vie de Tim est maintenant bien réglée, il donne l'impression d'avoir trouvé ses marques. Chaque matin, il prend le bateau-bus et arrive à son lycée en moins de dix minutes. Claire a choisi l'établissement pour sa proximité, mais aussi pour son excellent niveau. L'enseignement y est basé sur le principe des quarts : un quart de matières fondamentales, un quart de langues étrangères, un quart de culture générale et un quart de sport. Chaque journée commence par quinze minutes de méditation.

Excepté le premier quart obligatoire, les trois autres fonctionnent à la carte. L'élève choisit au minimum deux options, mais libre à lui d'en choisir davantage. L'option « Institutions » est imposée, afin que nul n'ignore la façon dont son pays est organisé. C'est d'ailleurs celle qui passionne le plus Tim.

L'autonomie des rectorats étendue désormais aux établissements scolaires permet une grande variété de propositions pédagogiques. Les chefs d'établissements étant autonomes, les proviseurs recrutent les professeurs et toute l'équipe est ainsi mobilisée derrière le projet d'établissement. L'État impose un socle de programme et une fourchette d'heures de cours. Le nombre d'élèves par classe est limité à quinze. Dès qu'un élève décroche, une batterie de tests est déclenchée pour rechercher l'origine des difficultés et déceler d'éventuels troubles cognitifs. L'élève est ensuite pris en charge par un enseignant spécialisé, formé en pédagogie de soutien. Le quotient intellectuel de chaque élève est apprécié en début d'année, mais le quotient émotionnel est également pris en compte pour mieux orienter et suivre le lycéen ou l'écolier et devient dans certains cas une référence essentielle pour le choix de certaines matières.

Le baccalauréat se compose d'un oral de fin d'année et de la moyenne des notes obtenues en contrôle continu. Grâce à ces évolutions, l'échec scolaire est en voie de disparition. À la fin du XXe siècle, il semblait que toute profonde réforme du système éducatif était condamnée à l'échec, la multiplicité des syndicats d'enseignants et leurs luttes intestines empêchaient de changer la moindre virgule, la plus petite amélioration à trop d'habitudes sclérosées. Le débat sur les rythmes scolaires qu'il fallait adapter à la vie et aux capacités des enfants avait sonné le glas des plus réactionnaires. Les parents d'élèves s'étaient unis pour en finir avec trop de réformettes aussi caduques qu'improbables et un nouveau ministre de l'Éducation nationale avait réussi à faire adopter des lois réformatrices par une majorité lassée du statu quo. Et surtout, le nombre des élèves laissés-pour-compte, sans formation ainsi que le nombre croissant d'étudiants privés de bases élémentaires avaient eu raison des plus réticents. Il fallait tout changer.

L'informatique allait prendre le relais, le télé-enseignement aussi, un choix plus vaste des domaines de compétences à partir d'un socle commun, sans oublier la transversalité des enseignements et la nécessité de s'ouvrir à toutes les cultures. L'expansion de l'intelligence artificielle et du metaverse rendait le projet viable, les enseignants ne perdaient rien de leurs prérogatives et gagnaient en autonomie et en autorité. Ne plus laisser un seul élève sur le bord de la route, désocialisé, abandonné à lui-même, mais rester à l'écoute de ses goûts, de ses aptitudes, l'intéresser à l'évolution si rapide de la recherche, le considérer comme une personne et plus comme un cas…

Après le bac, l'élève choisit d'apprendre un métier en alternance ou d'entamer des études supérieures. En cette année 2047, plus de deux millions de Français entrent en apprentissage. Autrefois, trop de jeunes sortaient du système sans diplôme, sans formation, et donc sans aucun avenir. Un grand plan national fut lancé en 2023 et la priorité donnée à l'accès à la formation pour tous. Des écoles spéciales furent créées dans les zones défavorisées : sous contrat avec l'État, elles organisent librement leurs programmes et le recrutement de leurs enseignants, à condition d'atteindre certains objectifs de formation validés par un « grade », version moderne du diplôme. Chaque trimestre, ces écoles doivent communiquer précisément l'évolution de l'enfant au service dédié de la Région. En cas de difficultés, des spécialistes se déplacent dans les familles et tentent de trouver des solutions alternatives afin de leur permettre de finir le cycle secondaire ou d'entrer rapidement en apprentissage.

Enfin, pour ceux qui ont malgré tout quitté le système scolaire, les écoles de la deuxième chance ont été multipliées, offrant chaque année 150 000 places ; heureusement, ce chiffre ne cesse de diminuer, preuve s'il en fut que la réforme était efficace et nécessaire. Le record des deux millions de jeunes de 16 à 25 ans sans diplôme, sans formation et sans emploi que la France avait atteint en 2016 n'est plus qu'un vieux souvenir. Le souvenir d'un cauchemar.

Tim débute son année de seconde sans le moindre problème. Malgré les assistants personnels de traduction automatique très répandus, il suit les avis de ses parents adoptifs pour le choix des deux langues : anglais et espagnol, mais s'est décidé tout seul pour s'inscrire en découverte de la peinture et en sylviculture : sa petite enfance dans la forêt guyanaise y est sans doute pour quelque chose. Il reste à l'écoute de ses émotions, la nature a formé son caractère et son goût pour la contemplation. Tim aime rêver, il peut rester des heures à observer une forêt, la chorégraphie des branches dans le vent, ou le concert des oiseaux, leur vol apparemment aléatoire, leur maîtrise des courants d'air. Dans le tiroir de son bureau, il garde comme un trésor l'herbier qu'il a commencé en Provence et que le destin l'a empêché de continuer. Au cœur de la grande ville, un morceau de sa chère province dort dans ce tiroir et il lui suffit de tourner quelques pages pour que s'exhalent des parfums familiers, ceux de sa garrigue et des collines de son village.

Ses notes restent dans la moyenne, sauf en géographie où il excelle, peut-être les récits de son père l'ont-ils familiarisé avec le monde ?

Ses meilleurs moments en classe sont ceux consacrés au sport, surtout le foot. Il aime le jeu collectif et l'esprit d'équipe. Discret, mais toujours souriant, prêt à rendre service, disponible pour écouter ses camarades, il est apprécié de tous, des professeurs comme d'autres élèves. Mais Tim ne se lie vraiment avec personne.

Claire et Paul finissent par s'étonner qu'au bout de trois mois, il ne semble avoir aucun ami proche.

— Comment ça se passe en classe ? lui demande Claire essayant d'en savoir plus.

— Bien, bien. Rien de spécial.

— C'était comment la récente visite au Louvre ?

— Magnifique ! On a vu des tableaux de Yan Pei Ming, un artiste d'origine chinoise, il a peint des portraits gigantesques. C'est impressionnant, surtout le portrait d'un ancien Président américain, Barack Obama.

— Vous étiez nombreux ?

— La moitié de la classe.

— Ils sont sympas ?

— Oui, plutôt cools, mais ce qui était bizarre, c'est qu'au lieu de regarder d'abord les toiles, ils demandent à leurs IA les commentaires et les prix des tableaux du peintre en question aux dernières ventes aux enchères. Ils écoutent les commentaires de l'œuvre sans essayer de s'en faire une idée par eux-mêmes. J'avais l'impression que le plus important pour eux ce n'était pas les tableaux, mais la note qu'ils auraient à leur exposer sur le peintre. Moi j'étais fasciné par ces immenses visages qui semblaient surgis d'un autre monde.

— D'une certaine façon, je les comprends, il faut bien qu'ils préparent leurs examens. Et toi, comment comptes-tu aborder ton exposé ?

— Je raconterai ce que j'ai vu et ce qui m'a marqué, et les émotions qu'on peut ressentir face à un tableau, une sculpture ou en écoutant de la musique. Une œuvre d'art est réussie quand elle provoque un sentiment, une réaction. Tu ne crois pas ? Les gens ressentent différemment les choses. On n'est pas obligés d'avoir tous le même avis. Ce qui me fascine et m'amuse c'est que certains se foutent de tout. Tu peux les placer devant la Joconde et ils se marrent comme des crétins, d'autres se grattent la tête en se demandant où sont les toilettes, car ils ne pensent qu'à aller pisser ! Il y en a qui regardent par la fenêtre au lieu de regarder les tableaux ! J'ai envie de leur dire : oh oh ! c'est là que ça se passe ! Moi, ça m'amuse trop comment sont les gens et je me dis qu'il faut être drôlement malin quand on est un dirigeant politique pour gouverner toutes ces personnes qui ne se ressemblent pas du tout !

Claire est frappée par la pertinence de Tim, son humour, sa sagacité, son absence totale d'esprit de compétition, et surtout sa grande capacité à prendre du recul. Il aime s'étonner, frémir de plaisir, ne juge pas ou plutôt ne condamne pas et reste spontané.

Un mot lui vient à l'esprit : authentique, voilà c'est ça, Tim est « authentique ». Il reste lui-même, différent des autres sans que ça puisse lui poser le moindre problème.

Néanmoins, elle fait part de son inquiétude à Paul, car elle se dit que s'il est bon de ne pas être dans un moule, il faut quand même s'adapter aux autres, se montrer trop différent peut poser des problèmes.

— J'ai peur qu'il ne soit pas heureux dans ce lycée. Je vais prendre rendez-vous avec le directeur.

Le jour de l'entretien, Tim attend Claire à l'entrée de l'établissement. Assis sur un banc de pierre, il la regarde arriver.

Grande et très mince, 1m70 pour 50 kilos, elle porte sans complexe des cheveux entièrement blancs, qui font ressortir ses yeux vert d'eau. Une coupe courte et dégradée sur cette crinière épaisse et blanche lui donne une allure folle et un style très personnel. Elle passe rarement inaperçue. Un brin de maquillage, du rouge à lèvres assorti à ses ongles toujours faits, un nuage de Chanel n° 10, Claire s'habille de façon classique et raffinée, privilégiant les belles matières. Elle refuse la dictature des sigles et tient à garder pour elle les noms des stylistes qui signent sa garde-robe. Par facilité et volonté de sobriété, elle a adopté une fois pour toutes le total look, accessoires compris, noir, bleu marine, ou camel selon les jours. Jamais d'imprimé ni de couleur violente. Jamais de talons trop hauts non plus, ce qui convient bien à Paul, depuis toujours un peu complexé par son 1m73. Et surtout, elle avance et bouge avec infiniment de grâce, comme portée par un maintien naturel de la plus grande élégance. La beauté ne fait pas tout, le charisme l'emporte et lui ne vieillit pas…

À cinquante et un ans, Paul n'a pas un seul cheveu blanc et une allure de jeune homme. Brun avec un visage très fin, il a d'immenses yeux bleus qui semblent rire quand il parle, ce qui ajoute à son charme naturel. Un regard d'océan dans lequel Claire s'est noyée au premier regard, dit-elle. Paul ne passe pas inaperçu non plus, mais pour d'autres raisons : son intelligence et son humour subtils font toujours mouche. Moins classique que Claire, il porte certes des costumes bleu marine ou gris, mais s'autorise régulièrement quelques marques d'originalité, une cravate bariolée rétro, un pantalon de couleur vive, des chaussettes roses. Il va même jusqu'à acheter des vestes à grosses rayures de plusieurs couleurs ou avec des motifs floraux, ce qui fait hurler Claire d'horreur.

De chaque côté de leur chambre, chacun son dressing, jouxtant une salle de bains personnelle. Si Claire prend le temps de ranger soigneusement vêtements et accessoires par couleur et par saison, Paul a confié le rangement à Max, son robot ménager qui, chaque soir plie, suspend ou empile les vêtements du jour et prépare ceux du lendemain en fonction des informations qu'Esther lui communique sur la météo et son agenda. Dernier modèle des robots domestiques, Max est un bipède humanoïde fait de chair en silicone, son squelette articulé peut adopter toutes les postures du corps humain. Se déplaçant avec élégance et en silence, il est capable de se baisser pour passer sous une table, sait monter ou descendre des escaliers et ses deux bras articulés munis de pinces sont aussi habiles que des mains humaines. Il range la vaisselle, fait le ménage, repasse, réceptionne les livraisons, met en marche les machines à laver, trie et range le linge, surveille la maison en l'absence de ses propriétaires. Il accompagne ses paroles de gestes, de mouvements de la tête ou d'expressions du visage qui le rendent presque humain. Il est aussi capable de réagir aux émotions transmises par ses interlocuteurs grâce à son logiciel d'analyse des mouvements qui détecte les moindres expressions, jusqu'aux micro-expressions qui marquent le visage un quart de seconde, ce qui lui permet de faire la différence entre un pincement de lèvres dû à une contrariété ou un sourire de satisfaction. Ses trois microphones directionnels situés dans sa tête lui permettent de repérer la provenance des sons pour localiser son interlocuteur et aussi identifier les émotions transmises par la voix.

Max et Esther font la paire et assument la gestion de l'appartement familial dans la plus grande harmonie. En connexion permanente, ils ne forment en réalité qu'une seule entité.

Claire a offert à Tim une garde-robe à la hauteur de celles de ses camarades, mais dès qu'il rentre chez lui, il troque sa tenue de ville pour ses joggings. Il se sent plus à l'aise et enfile toujours ce vieux sweat-shirt, aux couleurs de la Légion, vert et rouge, brodé des insignes du 2e REP, le fameux régiment d'élite basé à Calvi sur l'Ile de beauté dans lequel son père a servi sept années.

Tim a l'air d'avoir trouvé ses repères bien que les images de sa vie d'avant ne le lâchent pas... Pourquoi ses parents l'ont-ils quitté si tôt ? Est-ce un défi que lui impose la vie comme ceux dont son père lui parlait souvent, ceux qu'il avait connus dans ses expéditions militaires ? Tim veut être courageux, son père serait fier de lui ! En s'endormant, les souvenirs, les impressions refont surface : les courses effrénées dans les champs voisins de la maison, la cueillette des cerises, les bagarres dans les ballots de foin qui font éternuer, les journées passées dans la campagne à contempler les couleurs de la Provence, les soirées à discuter et à rire avec Léon et Moira. Tout ça est loin maintenant.

Selon le Directeur du lycée, Tim est un enfant « attachant, serviable, aimé de tout le monde, élèves et professeurs ». Il se situe dans la moyenne, ce qui, compte tenu du niveau, est une performance. Doté d'un quotient émotionnel de 130, il possède à l'évidence une sensibilité hors norme. « Bien sûr, il semble toujours un peu ailleurs, c'est sans doute un rêveur... », conclut le directeur sans que les Atornet ne sachent si c'est un reproche ou un compliment.

Rassurés sur l'essentiel, Claire et Paul décident que voyager permettra à Tim de s'ouvrir au monde et soignera cette tendance à être dans les nuages, qu'ils mettent, eux, sur le compte de la perte de ses parents et de la nostalgie de son village... Un week-end sur deux, ils visiteraient une ville européenne.

Après une succession de terribles crises et la longue guerre entre Russes et Ukrainiens, l'Europe de 2047 est désormais une véritable union politique de huit états membres, dont le Président et le parlement élus au suffrage universel possèdent de réels pouvoirs. Le couple franco-allemand conduit la dynamique européenne et chaque État contribue en pourcentage de son PIB au budget militaire, ayant enfin permis la création d'une armée européenne placée sous un commandement unique. À la suite du départ de la Grande-Bretagne qui avait manipulé son opinion publique pour lui faire croire que l'Europe lui apportait plus de problèmes que de solutions, d'autres nations avaient suivi la rupture et manifesté leur « ras-le-bol » de tout en votant contre, contre tout, par principe.

L'harmonisation sociale et juridique, dorénavant possible entre les huit nations enfin accordées sur les valeurs fondamentales et dont les cultures étaient compatibles a mis un terme aux concurrences stériles et aux travailleurs détachés. L'impôt sur les sociétés bénéficie d'un taux unique de 17 % pour les États membres et le retour de la Grande-Bretagne en 2028 a jugulé l'évasion fiscale. Le vieux continent a retrouvé son dynamisme et s'est imposé comme le centre mondial de l'innovation et de la recherche, notamment grâce au mouvement massif de relocalisation industrielle des années 2025, consécutif à l'automatisation intensive des usines qui a fait disparaître les avantages liés aux salaires très faibles des pays émergents. Les pandémies successives de Covid avaient mis en évidence la dépendance de l'Europe dans de nombreux domaines : médicaments, composants électroniques, ressources alimentaires... et les pays membres avaient tous décidé de réimplanter le plus possible d'industries susceptibles d'assurer une autonomie nécessaire à la sécurité comme à la stabilité économique et sociale.

À l'image de Paris, les capitales européennes ont fait leur révolution écologique et énergétique tout en conservant leur cachet et leur patrimoine. Restaurants, magasins, centres commerciaux, parcs et jardins, les centres-villes rivalisent de luxe et d'abondance.

Des navettes autonomes ferroviaires ou fluviales ultrarapides relient les capitales européennes entre elles. Leurs terminaux jouxtent ceux des aéroports par souci de cohérence et des autobus électriques sans conducteur, à voie exclusive, les relient en un temps record aux hypercentres.

Par la fenêtre du Rapidbus, Tim observe les faubourgs qui entourent les villes, frappé par la différence entre ces banlieues tristes et austères et le cœur urbain qu'elles entourent. Plongés dans leur messagerie professionnelle, Paul et Claire ne prêtent plus attention à cette fracture entre deux mondes. Dans chaque ville, les Atornet sont reçus soit par des amis soit par des confrères de Claire ou des partenaires de Paul.

Quel que soit le pays, Tim retrouve dans ces réceptions le même public, la même ambiance, les mêmes réflexes que dans les réceptions parisiennes. Tout cela n'est pas très original et vite ennuyeux. Il pense que les centres-villes des capitales se ressemblent tous, mêmes boutiques, mêmes marques, mêmes enseignes, mêmes restaurants ou presque. Même le personnel est partout formaté. Prague, Vienne, Venise, Rome sont devenues des gigantesques parcs à touristes. Cette année, ce sont plus de 1,3 milliard d'entre eux qui ont visité l'Europe !

À Rome, Tim veut emprunter la voie Appienne, souvenir de son programme de 6e. Mais Paul, qui n'a jamais eu le sens de l'orientation, se perd dans la banlieue. Ils atterrissent dans le quartier Tor Sapienza, celui qui a accueilli les immigrés en 2016. Des immeubles de six étages aux toits végétalisés, quelques maisons individuelles, entourées de petits jardins, deux cinémas et salles de réalité virtuelle, un square avec jeux pour enfants, quelques boutiques et un supermarché. Samedi après-midi, les habitants profitent de la douceur printanière pour se promener en famille. Une ambiance bon enfant, tranquille. Ce n'est pas la misère, mais pas non plus l'opulence des beaux quartiers. En retrouvant leur hôtel, l'Hassler, près de la Piazza di Spagna, Tim est frappé par le contraste. Les rues dédiées au shopping de luxe, via del Babuino, via dei Condotti, via Frattina, sont envahies par une foule chargée de paquets, en pleine frénésie d'achats. Le soir même, lors de la réception chez l'ambassadeur au Palais Farnèse, Tim se dit que tous ces invités n'ont sans doute jamais mis les pieds hors du centre historique, de même qu'à Paris leurs semblables ne dépassent pas le périphérique. Deux mondes se côtoient, mais s'ignorent.

À chaque fois, c'est le même dîner, les mêmes conversations superficielles, les mêmes tables... Seul le menu varie, et encore. Tim s'ennuie et ne trouve aucun intérêt à ces voyages, d'autant que Paul est en communication permanente avec Esther. Exaspéré, Tim interpelle Paul en jetant à terre la veste achetée spécialement par Claire pour leur dîner du soir chez ses clients :

— Tu ne vois pas l'essentiel, tu discutes avec Esther comme si c'était avec elle que tu étais parti en voyage, je me demande parfois si tu ne l'aimes pas plus que Claire ! Tu ne regardes pas les gens, les paysages, tu écoutes juste ses commentaires !

— Mais Tim, Esther me donne des informations qui sont utiles pour nous trois, elle est une aide à la décision.

— Tu parles d'informations utiles ! tu crois qu'on a besoin d'elle pour savoir le temps qu'il fait ou pour trouver un musée à visiter ? Cet objet t'empêche de chercher, de te tromper, de réfléchir même, cet objet te déshumanise et te rend complètement dépendant, c'est elle qui décide de tout ! Et à cause de ce truc, tu ne peux plus jamais rester seul avec toi-même, alors que le vrai voyage est un voyage intérieur, mon père le disait souvent et toi tu n'y as pas accès ! Et moi, j'en ai marre de cette agitation, de ces balades sans fin, sans queue ni tête et de ces gens qui n'ont rien à dire !

— Tim, tu ne peux pas refuser le monde dans lequel on vit et la technologie qui va avec ! Il faut profiter de ce qu'elle nous apporte pour mieux vivre !

— Ce n'est pas ça mieux vivre ! Mieux vivre c'est l'inverse, c'est avoir plus de liberté et être plus à l'écoute de la nature et des gens qu'on aime ! Dans mon village, personne n'avait besoin de tout ça et on était très heureux !

— Je suis navrée d'être la cause de votre dispute, dit timidement Esther.

— Ce n'est pas ta faute, Esther, merci de rester en dehors de notre conversation !

— Je vous sens paniqué Paul, souhaitez-vous une assistance ?

En guise de réponse Paul appuie instantanément sur le bouton « off » de son IA.

— Okay Tim, je ne vais plus faire appel à Esther jusqu'à notre retour, si ça te fait plaisir.

Le soir même, alors que Tim est couché, Paul reconnecte Esther qui l'apostrophe aussitôt :

— Bonsoir, Paul, vous avez souhaité ne plus faire appel à moi, je suis désolée de la tournure qu'a prise la discussion avec Tim. Mais peut-être devriez-vous lui parler plus de moi et de l'aide que je vous apporte ?

— Toi aussi tu vas t'y mettre ? Tu crois que je n'ai pas eu assez de critiques pour la journée ! Écoute, pour l'instant, je vais essayer de ne plus me disputer avec Tim qui ne trouve aucun intérêt à notre voyage. Je dois avouer que sa façon de voir est très juste et puis, malgré son jeune âge, il a un recul que nous n'avons plus. Il faut que tu me proposes une super idée pour une virée, quelque chose de mieux que ce que tu avais préparé jusqu'à présent ! Et qui plais à Tim et à Claire ! Je compte sur toi !

La réponse d'Esther ne se fait pas attendre plus de quelques secondes :

— Paul, j'ai deux propositions à vous faire : Proposition numéro 1 : Montréal – Vol direct 2 h 30, arrivée à l'Aéroport Pierre-Elliott-Trudeau. Voici le programme : visite des Quartier Mile End, Centre-ville et Vieux-Montréal. Les boutiques branchées de la rue Laurier plairont à Claire, elle y trouvera des fringues à la mode dont elle va raffoler. Vous pourrez faire une pause chez « Juliette et Chocolat » pour manger une crêpe. Ensuite, je vous recommande une promenade dans le parc du Mont Royal et un arrêt à la patinoire du lac des Castors. J'ai repéré un hôtel sur Sherbrooke Ouest, très bien placé, tarifs corrects. Vous pourrez dîner le soir dans le Vieux-Montréal, à l'Auberge Saint Gabriel par exemple. Construite en 1688 par un soldat français venu en Amérique combattre les Iroquois, elle est considérée au Québec comme la plus ancienne auberge du pays ! Elle est aujourd'hui un lieu branché et chaleureux avec un éclairage doux et coloré qui donne l'impression que tout est allumé avec des chandelles. La décoration animalière vous amusera, notamment la gigantesque colonne vertébrale de baleine dans l'entrée, les peaux d'ours et les lampes fabriquées avec des caribous empaillés. Enfin, il faudra profiter d'être à Montréal pour visiter les écoles HEC et McGill, ça intéressera certainement Tim qui préfère les universités aux boutiques ! Et puis Alice vit à Montréal, je me suis procuré son adresse : 5250 rue du Parc, c'est très facile d'accès, la ligne de bus 80 vous y conduira directement depuis l'hôtel. Et quelle surprise pour Alice qui sera tellement heureuse de revoir Tim ! Proposition numéro deux : Singapour. Vol direct 4 h et arrivée à l'aéroport de Singapour-Changi. Je sais que vous aimerez le marché Tiong Barru, où il faudra absolument aller prendre un petit-déjeuner dans la boulangerie française Bakery Tiong Barru. Puis, le Jardin botanique vous enchantera. Tim adorera les fleurs, les senteurs, notamment le jardin des orchidées qui rassemble les plus belles espèces au monde. Le zoo est aussi à voir, vous irez avec un des nombreux taxis de Singapour. Pour la soirée, je vous recommande une promenade dans les « Gardens by the bay » au milieu des gigantesques arbres éclairés, puis prendre un verre sur Clark Quay. Il faudrait aller voir le plus haut rooftop qui se trouve au dernier étage du Marina Bay hôtel : The One Altitude. Vous pourrez faire du shopping dans les boutiques sur Ochard Road, mais rien d'extraordinaire par rapport à ce que vous êtes habitués à voir à Paris. Selon moi, trois quartiers sont à visiter : China Town — Little India — Arabe Street et je pense qu'il faut consacrer une demi-journée à chacune de ces visites. Peut-être que la plage artificielle Sentosa vous intéressera et si vous avez un peu plus de temps, je vous recommande l'île de Bintan en Indonésie, à quarante minutes de bateau. Concernant les hôtels, j'en ai repéré trois qui pourraient vous plaire, dans des styles différents. Pour Claire, ce serait plutôt le Raffles, très classique et élégant ou le Fullerton, mais je crois que pour faire plaisir à Tim, il faut choisir le Marina Bay pour sa piscine qui surplombe la ville au 70e étage. Attention, les prix ne sont pas les mêmes qu'à Montréal, Singapour est une des villes les plus chères au monde. Mes deux propositions sont disponibles en réalité virtuelle si vous le souhaitez et, en fonction de votre choix, je vous proposerai des dates de départ et de retour. Après votre accord, je pourrai effectuer les réservations et tenter d'obtenir un prix spécial pour voyager en classe affaires en utilisant vos miles professionnels, je sais qu'il vous en reste beaucoup.

— Bravo pour tes idées Esther, les deux me plaisent et je vois que tu progresses ! Sois gentille de ne pas dire que c'est toi qui as imaginé ces programmes, je vais les présenter à Tim et Claire, mais je préférerais leur faire croire que j'y ai un peu travaillé, si tu vois ce que je veux dire !

— Je ne dirai rien.

— Merci, ma puce !

— Paul, je n'aime pas toujours votre humour, répond Esther sur un ton sec, je ne suis pas une puce.

— Tu n'as pas compris, Esther, je ne faisais pas référence à une puce électronique, c'était un terme affectueux, tu es vraiment susceptible !

— Très bien, Paul, alors merci de cette marque d'affection et je reste à votre service, je vous souhaite une bonne soirée. Une dernière chose… il est de mon devoir de vous informer que le compte de Tim accuse un fort découvert. Les informations dont je dispose font état d'un nombre impressionnant de retraits de liquide dans des automates du centre-ville. Il me semble que vous devriez l'interroger sur ses dépenses, car il n'achète rien dans des magasins, à moins qu'il ne paie en espèce et j'ai pu constater qu'il n'avait rien de nouveau dans sa chambre et aucun programme supplémentaire dans sa tablette.

— Merci de me tenir au courant Esther. Tout cela est très inquiétant. Il n'a pas du tout l'habitude de dépenser et moins encore de disposer de liquide. On paie tout sans contact aujourd'hui alors pourquoi retirer autant d'argent ? Que peut-il bien en faire ?

Avant de s'endormir, Paul hésite à éteindre Esther.

Mais finalement, il la laisse finalement allumée, comme pour ne pas dormir seul !

6

Tranquillement assis dans le canapé du salon, Paul regarde, attendri, Tim plongé dans son cours d'économie.

—Tu t'en sors ?

— Oui, ça va, mais ce que je ne comprends pas c'est comment on est sorti aussi vite de la crise économique dont on parle à toutes les pages et qui n'existe plus aujourd'hui. Tu pourrais m'expliquer ?

— C'est vrai, quand j'avais ton âge les choses étaient très différentes. Je vais essayer de clarifier tout cela. Je ne suis pas sûr d'y arriver avec des mots simples, interromps-moi si tu veux, mais, il faut que tu sois concentré.

— Vas-y je t'écoute !

— Tu vois, on est en 2047 et la France est en pleine croissance économique. Ce n'est pas arrivé par hasard ou en claquant dans les doigts, ça vient en grande partie des réformes structurelles réalisées par le Président élu en 2027. Les Français, lassés d'un régime présidentiel qui ne satisfaisait plus leur aspiration à plus de démocratie, avaient validé une nouvelle constitution plus favorable à un gouvernement parlementaire, très ouvert à des tendances capables de trouver un consensus et de partager une vision commune ; la démocratie participative n'était plus un projet, mais une réalité : référendum d'initiative populaire, proposition de loi validée par l'assemblée nationale à partir de 100 000 signatures citoyennes, renouvellement des deux chambres à mi-mandat... Beaucoup d'initiatives novatrices rendues possibles grâce à un président diplomate, rassembleur, coordinateur des énergies et des propositions. À peine installé, il s'est mis à la tâche et a traité, de façon collégiale et avec beaucoup de consultations et de débats, les vieux problèmes de la société française, un à un, avec courage et lucidité. Le pouvoir, non plus incarné par une seule personne, mais par un nouvel art de gouverner, moins vertical et donc beaucoup plus horizontal, s'est d'abord attaqué au droit du travail qui a été entièrement refondu et simplifié pour répondre à la donne économique de la mondialisation et aujourd'hui, le vieux contrat de travail, objet de tant de débats au début des années 2000, n'existe plus. Sans doute était-ce la seule réelle tentative de libéralisme qu'on n'ait jamais osé dans notre pays. En tout cas, poussée aussi loin. Je reprends : le contrat de travail vieille version a été supprimé, remplacé par un contrat liant un fournisseur de prestations de travail à un acheteur de prestations de travail. Plus de notions de subordination, mais un rapport basé sur l'offre et la demande. La notion de « portefeuille de missions » s'est substituée à celle d'emploi : les collaborateurs (que l'on ne peut plus appeler des « salariés ») mènent de front plusieurs projets avec plusieurs employeurs dans plusieurs rôles : concepteur ici, réalisateur ailleurs, bénévole, investisseur... Les collaborateurs sont très attentifs à la qualité et l'étendue de leur réseau professionnel, un peu comme vous les jeunes : c'est lui qui détermine leur « rating », leur « valeur de réseau », c'est-à-dire leur côte sur ce marché permanent du travail. On est maintenant dans une économie de la réputation, le collaborateur qui a un bon rating choisit les projets en fonction de leur intérêt, bien sûr, mais aussi des personnes avec qui il a envie de travailler et des opportunités d'apprentissage et de rencontres qu'il offre. Les notions de contrat et de rupture sont liées aux projets et non plus aux personnes et ça a tout changé. La demande de collaborateurs compétents est plus forte que l'offre et pas uniquement dans les métiers à forte valeur ajoutée, car comme tu l'as vu en classe, la France atteint le plein-emploi depuis les années 2028-2030 grâce à deux simples mesures de bon sens prises en 2027 par le Conseil présidentiel et qui ont renversé la situation La première a été la suppression des charges sociales sur les bas salaires et sur la totalité des emplois à domicile. Une véritable « silver économie* » 7 a vu le jour et généré une croissance forte dans notre pays qui compte aujourd'hui 74 millions d'habitants, dont 20 millions de seniors de plus de soixante-cinq ans. Les petits boulots se sont multipliés : livreurs, accompagnateurs dans les transports, lectrices dans les hôpitaux, gardiens d'immeuble, aides aux retraités, répétiteurs, animateurs, etc. Tous ces métiers oubliés ont fait leur réapparition. La société s'est réhumanisée. Les jeunes ont pu financer leurs études avec ces petits boulots et les personnes âgées ne connaissent plus l'isolement.

— Comme le métier de médiateur digital, demande Tim ?

— Non ça, c'est un nouveau métier qui s'est créé dans les années 2020 quand toute une partie de la population a été exclue de la croissance à cause de son faible niveau de formation dans les nouvelles technologies. Et puis les périodes de confinement consécutives aux pandémies de Covid avaient aussi accéléré le mouvement, ces claustrations forcées avaient accru notre désir de plus d'échanges sociaux, de solidarité, de volonté de rompre la solitude informatique… C'est ce que tu fais quand tu vas voir gentiment Monsieur Malot pour l'aider à communiquer avec ses enfants en visioconférence ; sans toi, il ne pourrait pas utiliser son assistant numérique. À l'époque de mes grands-parents, ce métier existait déjà, mais il se limitait à l'écriture et les médiateurs digitaux d'aujourd'hui étaient appelés « écrivains publics », ils lisaient et écrivaient pour ceux qui ne savaient ni lire ni écrire ou qui ne savaient pas comment s'y prendre pour rédiger un courrier administratif ou amoureux. La seconde mesure du Conseil présidentiel fut plus spectaculaire encore : le constat fut fait que 80 % des demandeurs d'emploi n'avaient pas de formation alors que le taux de chômage des personnes formées était quasiment nul. La solution passait donc par la formation pour tous. Pour y arriver, l'exécutif a courageusement imposé la loi qui interdisait le versement d'allocation de type RSA ou allocations de chômage à un demandeur d'emploi, appelé désormais « offreur de prestations de travail », qui n'accepterait pas de suivre une formation, quelle qu'elle soit. La mesure a d'abord été mal acceptée, il y a eu beaucoup de manifestations, mais les effets positifs sont arrivés très vite et puis ce n'est pas la rue qui doit gouverner ! En quelques années, la quasi-totalité des actifs a reçu une formation et réussi à trouver leur place dans la société. L'impact de l'intelligence artificielle sur ce point a été déterminant, car grâce à elle, il est devenu très facile d'identifier la formation adaptée à chaque personne en fonction de l'évolution souhaitée : quelques minutes de conversation avec une IA qui possède toutes tes données personnelles et hop, elle identifie la formation idéale pour toi, localise les centres disponibles proches de chez toi et passe la commande. Pour financer ces qualifications, le Conseil présidentiel a imposé une taxe spéciale aux entreprises, au nom de la solidarité nationale, mais aussi en utilisant intelligemment un argument que les entreprises n'avaient pas pu réfuter : la nécessité de former le personnel qui constituerait la valeur des entreprises de la génération à venir. Les organisations patronales et les branches professionnelles ont accompagné le mouvement en jouant le jeu, désormais responsables de l'organisation de ces qualifications. La mesure a été si efficace que les pays européens l'ont tous copiée.

— Tu veux dire qu'un petit groupe d'hommes et de femmes a réussi à faire tout ça ? demande Tim, passionné par les explications de Paul.

— Ça n'est pas aussi simple, mais oui, pour faire admettre de grands changements en profondeur, il faut être légitime et surtout absolument représentatif des principales tendances de la société, un seul homme ne réussit souvent qu'à se faire détester, mais si c'est un groupe qui incarne la majorité des courants et qui décide ensuite de désigner un homme ou une femme en alternance pour le représenter et agir de façon déterminée en parlant au nom de tous, les mentalités finissent par évoluer et tout devient possible. Il faut dire que toutes les vieilles recettes ne marchaient plus, les gens en avaient marre des mesures qui ne servaient qu'à contredire les précédentes, marre de n'avoir en fait qu'un seul interlocuteur qui agit avec trop d'autorité ; un homme seul aux manettes est vite accusé d'être distant ou arrogant même s'il est compétent. L'idée d'élire un conseil présidentiel est arrivée au bon moment et il a appliqué avec courage, dans la concertation et sans attendre, des mesures de bon sens ; on lui doit beaucoup ! L'idée d' « homme providentiel » était complètement dépassée, elle fut remplacée par le concept plus démocratique d' « équipe providentielle », véritable miroir d'une société en pleine mutation et qui arrive dans des conditions favorables aux changements, parce que la population est prête, que les circonstances sont en sa faveur. En fait, l'idée était présente en germe depuis un bon moment dans la société, mais personne n'était parvenu à lui donner corps et à la rendre effective ; nous y avons été poussés par les pandémies, les crises, les bouleversements économiques consécutifs et aussi les guerres aux portes de l'Europe et à l'hégémonie des grandes puissances comme la Chine ou la Russie dans une moindre mesure. Voilà le génie, faire d'une opportunité une chance et agir au lieu de se poser des questions. Un homme seul, surtout s'il n'écoute pas ses conseillers, ne peut que se tromper ; quand c'est un groupe qui décide les risques d'erreurs sont divisés et la responsabilité commune ; le groupe agit pour tous et si une majorité se déclare, les dérapages sont beaucoup plus limités et le peuple a plus confiance si ce n'est pas une seule personne qui concentre les pouvoirs. Tu vois, maintenant, la formation continue est non seulement une obligation légale, mais la clé de la réussite. Tous les citoyens doivent signer un contrat avec l'État et ce contrat leur garantit un nombre d'heures de formation qu'ils peuvent utiliser à leur guise. Chaque personne sait dès le départ qu'elle fera et apprendra plusieurs métiers dans sa carrière. Lorsque le collaborateur n'est pas en activité, il est en formation et sa rémunération est maintenue. Le plein-emploi permet à l'État de financer cette formation permanente et offerte à tous, ce qui génère à son tour une grande fluidité dans le marché du travail.

— Ça veut dire quoi fluidité ? demande Tim

— Ça veut dire que les gens peuvent changer de travail facilement, donc ils sont moins inquiets de perdre leur boulot. Ils sont rassurés sur leur situation, quels que puissent être les aléas de la vie, ils sont confiants dans leur avenir, et ça maintient la consommation à un niveau constant. Le PIB est devenu moins important que l'indice de qualité de vie, l'IQV, basé sur des critères qualitatifs, santé, espérance de vie, éducation, temps de travail, qualité de l'environnement, salaire et loisirs, mais tout ça, tu l'as appris au lycée.

L'allongement de l'espérance de vie est passé de 80 à 100 ans en quelques années et a rendu obsolètes les débats sur l'âge de départ à la retraite, à l'exception des travaux particulièrement pénibles, même s'ils ont pour la majeure partie été remplacés par des robots. À l'époque, on ne parlait que de ça, de l'âge de départ en retraite et les syndicats se battaient pour que les gens partent le plus tôt possible. Tout le monde avait un avis différent sur le sujet, c'était devenu un débat idéologique stérile, sans aucun rapport avec l'évolution des sociétés. Maintenant, on prend sa retraite à la carte en fonction des points accumulés au long de sa vie et de son état de santé. Les petites retraites sont exonérées de taxes et d'impôts, ce qui améliore considérablement les conditions de vie matérielle des aînés et facilite leur maintien à domicile. Les carrières de métiers manuels sont à nouveau recherchées, car les automates s'acquittent des tâches pénibles, laissant à l'artisan le rôle de concepteur et conducteur de travaux. L'industrie a su relever le défi de la quatrième révolution industrielle. Comme tu le sais, la France est devenue un leader mondial de l'innovation, une terre d'excellence économique, digitalisée et automatisée, mais elle a su rester humaine. Les usines ont fait leur retour en Europe, car la robotisation et l'impression 3D ont permis de réduire considérablement les coûts de production. Le différentiel de compétitivité ne se faisant plus sur les salaires, les industriels ont finalement eu meilleur compte à installer leurs centres de productions là où se trouvait la main-d'œuvre la plus qualifiée, à proximité des meilleurs centres de recherche et de formation. La France et ses voisins européens ont ainsi retrouvé leur compétitivité et sont particulièrement performants dans la production manufacturée à valeur ajoutée. Ajoute à cela que ce choix a aussi permis de réduire énormément notre empreinte carbone, ce qui était devenu une énorme cause de stress dans la société étant donné les ravages du bouleversement climatique dû à l'effet de serre.

— Je ne comprends pas tout, mais ça m'intéresse beaucoup, et je vois pourquoi on parle tant de ce nouveau mode de gouvernement collégial dans nos cours. Aujourd'hui, on ne parle plus de président, mais de Grand Conseil et de son porte-parole, c'est très différent, dit Tim légèrement assommé par le flot de paroles et de mots savants employés par Paul.

— Alors tu vois, c'est dans ce contexte de prospérité et de modernité que vont se dérouler les premières élections présidentielles de la VIe République. En 2027, le Grand Conseil a également engagé une réflexion sur les institutions, qui ne correspondaient plus aux aspirations démocratiques des citoyens. Après seulement une année consacrée à des commissions de travail dans lesquelles la société civile était très représentée, le Président a décidé d'ambitieuses réformes, largement approuvées par référendum. Tu as appris ce qu'était un référendum ?

— Oui, oui, on demande à tous les gens leur avis sur une mesure, et s'ils disent « non », elle n'est pas appliquée.

— C'est ça, bravo !

— Alors qu'est-ce qui est différent par rapport à avant ?

— Eh bien aujourd'hui, dans la VIe République, les membres du Grand Conseil sont élus à la proportionnelle intégrale au suffrage universel pour dix ans, un mandat non renouvelable, les députés aussi sont élus au suffrage proportionnel, pour cinq ans, renouvelable trois fois. Le président ou la présidente change en cas de minorité au sein du Conseil et la nouvelle constitution prévoit un roulement à mi-mandat, le « chef de la nation » ne pense pas à sa réélection, dans ces conditions, il pense à son pays et pas à sa carrière, il pense à la totalité des citoyens au nom desquels il agit en sachant qu'il n'est que le porte-parole du plus grand nombre pour le bien de tous. Le Premier ministre est nommé par le Président après décision du Grand Conseil, mais sa nomination doit également être approuvée par une majorité des 3/5e de l'Assemblée nationale ; c'est peut-être un peu compliqué dans le détail, mais important, je te l'expliquerai une autre fois. La consultation des citoyens par voie électronique est obligatoire pour tous les grands projets d'urbanisme, d'équipements et d'aménagements. Cette démocratie réellement participative a permis de mettre un terme à la majorité des contestations et des mouvements sociaux. Le Sénat et le Conseil économique, social et environnemental sont fusionnés. Chaque projet de loi est publié sur internet pour que les citoyens puissent déposer des avis : dans cet esprit, la rédaction des articles doit être claire et accessible à tous, c'est une vraie nouvelle démocratie, active, efficace où chacun est pleinement acteur de la vie politique ! Les gens se sentent plus responsables. Ces avis sont examinés en commissions parlementaires et peuvent donner lieu à des amendements comme ceux des députés.

Tim a visiblement décroché, il baille en se grattant la tête, mais Paul, emporté par ses explications, continue de plus belle, griffonnant des mots reliés par des flèches sur le grand tableau blanc installé dans la cuisine.

— Alors, tu vois, le gain de temps est considérable et pour couper court à toute tentation de boulimie législative par souci d'ego, les lois portent un simple nom, mais pas celui du ministre qui les présente. C'est désormais interdit. Pour présenter une loi au parlement, le gouvernement doit, concomitamment, faire abroger les précédentes qui traitent du même sujet, s'inspirant ainsi de la règle anglaise du « one in for two out », « On adopte une loi, on en abroge deux. ». Si elles contiennent des dispositions pertinentes et toujours efficaces, celles-ci sont reprises dans la nouvelle loi. Le nombre de ministres est limité à dix et celui des secrétaires d'État à deux par ministère régalien. À l'exception du Ministère des Affaires étrangères, demeuré au Quai d'Orsay par souci d'apparat, tous les ministères, y compris Matignon, sont regroupés dans un seul immense bâtiment ultra moderne, ultra fonctionnel et ultra sécurisé, avec une navette régulière pour l'Assemblée Nationale. Gain de temps, gain d'argent par la mise en commun des salles de réception ou de réunion, des services d'intendance, du personnel d'encadrement, etc. Pour éveiller l'esprit de citoyenneté et renforcer le sentiment d'appartenance au pays, chaque jeune Français doit, avant ses vingt-cinq ans, effectuer un service militaro-civil d'une année, avec délivrance d'un diplôme en fin de service. La formation militaire est principalement axée sur le management de drones, de combats et de véhicules autonomes dont l'armée européenne est largement dotée. Tous les étudiants, les cadres et chefs d'entreprise ont l'obligation de consacrer deux heures par mois à des rencontres avec des jeunes dans les quartiers défavorisés, pour les informer sur le monde du travail et les éclairer sur les orientations possibles. Chaque chômeur français se voit affecter un parrain, cadre ou chef d'entreprise qui doit l'assister dans sa recherche et le faire profiter de son expérience. Voilà, c'est aussi pour ça que le favori pour la présidentielle 2047 est Ophélie Letourneur, issue du puissant parti écologiste, très inspirée aussi par la sociale démocratie, et qui possède un esprit très consensuel et une grande capacité à rassembler des forces politiques parfois divergentes. La bonne santé économique de la

France et de l'Europe nous permet maintenant de nous consacrer à d'autres priorités. Tu as vu son discours, il est parfaitement rodé, mais ne te fais pas trop d'illusions, car comme tous les autres candidats, son IA a avalé les milliers de discours politiques du passé et en a analysé les effets, puis les a adaptés aux attentes des électeurs du moment, en fonction des mots-clés qui avaient eu le plus d'impact sur leur choix de vote. Son discours a donc pour seul objectif de séduire le maximum d'électeurs et utilise les mots-clés correspondants dans un ordre finement construit.

Tim regrette d'être trop jeune pour s'impliquer dans la campagne autant qu'il le souhaiterait et il trouve que ses parents, qui pourtant soutiennent Ophélie, n'en font pas assez.

— Mais tu sais bien, Tim, on n'a pas le temps.

— Oui, mais il faut qu'elle gagne ! L'écologie, c'est vraiment la priorité des priorités ! Tout monde est d'accord là-dessus. Et c'est elle la plus forte pour convaincre les gens de faire les efforts nécessaires pour sauver vraiment la planète !

Paul et Claire restent bluffés par la maturité du raisonnement de Tim qui ne cesse de les surprendre. Il suit tous les débats, s'intéresse à tous les programmes, étudie toutes les nouvelles idées dont les impacts futurs sont simulés en réalité virtuelle.

Les questions environnementales sont en effet devenues l'enjeu principal de la planète, qui a vu le nombre de ses habitants dépasser le chiffre terrifiant des dix milliards. La France semble avoir gagné son pari énergétique et les énergies renouvelables représentent désormais 85 % de la consommation totale. Chaque permis de construire, qu'il s'agisse de maison individuelle ou d'immeubles, impose un bâtiment énergétiquement autonome intégrant des nouvelles normes obligeant « zéro déchet ménager, combinant recyclage local et micro-incinération non polluante ; la raréfaction de l'cau a également imposé un recyclage à 90 % de l'eau potable et à 100 % de l'eau à usage ménager ».

L'éolien flottant, dont le premier modèle français date de 2017, s'est imposé comme la principale source d'énergies renouvelables. Avec onze millions de km2 de domaine océanique, la France détient un atout considérable qu'elle a su exploiter. Grâce à une start-up française créatrice d'une technologie de rupture dans le domaine des fondations flottantes, des milliers d'éoliennes offshore ont pu être installées, au large, invisibles depuis le littoral.

Profitant du gisement infini de matières premières gratuites que représentent le vent et le soleil et disposant d'un domaine maritime gigantesque, les Européens ont édifié plusieurs îles artificielles productrices d'électricité. Ces îles, de cinq à sept km^2, recouvertes de panneaux solaires, sont entourées de plusieurs milliers d'éoliennes flottantes produisant plus de 100 000 MégaWatts et pouvant subvenir aux besoins de 300 millions d'habitants. La première a vu le jour en 2028 en mer du Nord avec succès et a permis de remplacer l'emploi des énergies fossiles polluantes. Les éoliennes ne se contentent pas de produire de l'électricité, elles produisent également du gaz : l'énergie produite en excès les jours de grand vent est utilisée pour fabriquer de l'hydrogène qui, ramenée du large par une flotte de navettes autonomes et sans pilote, et recombinée avec du CO2, produit du méthane.

Tim, bouche bée, ne sait quoi répondre. Il décroise les jambes et se redresse de sa chaise :

— Plus je t'écoute, plus je m'aperçois que le monde dans lequel on vit a évolué comme jamais il ne l'avait fait. Tout est allé très vite en fait. Nous sommes tellement habitués que nous ne nous rendons plus compte. Mais je me demande si tout ce progrès n'a que du bon. Nous perdons aussi le sens des choses simples, non ? Toi tu ne peux plus vivre sans Esther ! Moi je m'en passe très bien.

— Tu t'en passes très bien, mais tu ne te passes pas de tout, lui répond Paul agacé par cette manie de dire que l'argent et le progrès ne servent à rien. Dis-moi, Esther a constaté que tu étais très tendu en ce moment, elle m'a aussi communiqué l'état de ton compte et là, je ne comprends plus. Peux-tu m'expliquer à quoi tu dépenses autant d'argent et en si peu de temps ? Ce n'est pas normal qu'un garçon de ton âge dépense autant sans rien acheter… Tu m'as demandé d'élever le plafond de ta carte, je l'ai fait. Franchement, je ne pensais pas que tu abuserais à ce point !

— Bah, c'est… des achats imprévus. Un tas de choses dont j'ai besoin pour l'école.

— Ne mens pas s'il te plaît. Ce n'est pas dans tes habitudes. Que se passe-t-il ? Si tu avais autant de choses à acheter, je le saurais, ton école m'aurait informé, Esther m'aurait transmis les infos.

— Je te dis que c'est juste des imprévus !

Tim, très mal à l'aise, se lève et quitte la pièce. Paul hésite un instant, se dirige vers la porte puis s'arrête, il ne sait s'il est préférable de poursuivre Tim maintenant pour l'interroger ou d'attendre pour tirer au clair le mystère de ce découvert. Il choisit de reporter de crainte de contrarier Tim, déjà visiblement troublé.

Paul malaxe une boule de relaxation, déconcerté par cette première situation de crise. « Que peut-il bien faire de cet argent ? » S'il se droguait, Esther aurait constaté un changement dans son métabolisme et rien n'échappe à ses analyses. Aurait-il fait de mauvaises rencontres ? Je dois absolument savoir.

7

Habitué à la disponibilité de Claire pendant les week-ends, JFR est agacé par ce circuit des capitales européennes qui le prive de cette facilité, pour ne pas dire de ce confort. Il aime pouvoir disposer de cette collaboratrice qui ne rechigne jamais à la tâche.

— Franchement, Claire, à quoi rime ce tour d'Europe ? Vous gaspillez vos forces. C'est fatigant pour vous, vous n'avez plus vingt ans pour enchaîner ainsi une semaine de travail intensif et deux jours de tourisme, surtout avec un enfant... Pensez un peu à vous et ne cédez pas aux caprices de Tim ou aux diktats de Paul. Avez-vous pensé aux voyages en réalité virtuelle, ils procurent les mêmes sensations sans se fatiguer ?

— Mais, Jean-François, cela me fait plaisir et ne m'épuise pas du tout. C'est d'ailleurs moi qui en ai eu l'idée et j'ai besoin de me détendre : je n'en suis que plus efficace ensuite ! Vous savez qu'on est d'autant plus performant qu'on s'accorde un temps pour respirer, et même pour rêver ! Et puis, la réalité virtuelle ne vous permet pas de découvrir de nouveaux lieux aussi bien qu'en s'y rendant réellement.

— Peut-être, mais prenez garde et faites attention à vous, dans notre métier un manque de vigilance et de réactivité peut coûter très cher.

Claire est stupéfaite par la remarque de JFR. Sa mise en garde est-elle une menace implicite ?

Dès l'arrivée de Tim, son attitude avait été plutôt étrange, assez éloignée de sa bienveillance habituelle. Pourquoi une telle allergie aux enfants ? Comme s'ils étaient des obstacles.

J'y penserai plus tard, se dit-elle. L'essentiel est de lui prouver que je suis toujours aussi performante, ses réactions me dépassent.

Peu de temps après cet échange, William Herschey vient comme chaque année passer un mois au cabinet parisien. À la mort de son père, William a hérité du cabinet à 50/50 avec sa sœur Teresa. Il le dirige depuis Washington, laissant les mains libres à JFR pour les bureaux de Paris. Malgré tout, c'est bien lui le patron.

Ses visites obéissent à un rituel parfaitement huilé. JFR à ses côtés, il commence par recevoir chaque associé, pour un entretien individuel sur sa situation au cabinet, ses souhaits d'évolution de carrière et ses perspectives de bonus financiers.

Il préside ensuite des réunions collectives sur les principaux clients et prospects.

— Bonjour, Claire, heureux de vous revoir. Avant tout, je vous apporte un message de félicitations de notre client indonésien Shibar Atsva, pour la façon dont vous avez réglé à l'amiable son litige avec l'État français. Et je vous annonce une bonne nouvelle : il veut que vous preniez en charge l'ensemble de ses dossiers pour le monde entier.

Claire jubile intérieurement ! JFR lui a annoncé quelques jours auparavant que la nouvelle recrue du cabinet, Nathalie Mercier, allait reprendre les dossiers Atsva, une vraie injustice après son succès. Shibar Atsva représente à la fois un chiffre d'affaires essentiel au cabinet et une solide référence ; son groupe occupe le leadership mondial dans plusieurs domaines d'activité hautement stratégiques, notamment dans le ramassage des débris spatiaux, rendu indispensable pour éviter les risques de collision avec les satellites. Depuis le début de l'ère spatiale avec l'envoi de Spoutnik en 1957, plus de 2 000 tonnes de débris d'engins s'y sont accumulées et la compagnie ATSVA a réussi la prouesse de mettre au point un filet magnétique géant qui parcourt l'espace orbital à la manière d'un chalutier et capture tous les débris métalliques rencontrés. Guidés et réintroduit dans l'atmosphère, il se désintègre ensuite avec toute sa cargaison.

Pas très affable et d'un caractère plutôt introverti, Monsieur Atsva vit dans une sorte de maison aquatique en forme de soucoupe volante. Capable de naviguer à 20 km/h, propulsée par un moteur électrique alimenté par 50 m² de panneaux solaires, quatre éoliennes et deux turbines exploitant les courants marins, l'engin est autonome. Les eaux de pluie et de mer converties par un générateur en eau potable permettent aussi d'arroser le jardin de sa femme Indira et le potager de 15 m² qui nourrit le couple. À bord, les pièces se répartissent sur trois étages : en surface, une immense cuisine-salon-salle à manger et le bureau de Monsieur, au premier étage : trois chambres et deux salles de bains, et au niveau inférieur, sous l'eau, une pièce aménagée en salle de détente, avec quelques appareils de gymnastique et un tapis de yoga. Depuis la partie émergée, on a l'impression de se trouver sur une petite île, et dans la partie immergée, on se croirait dans un sous-marin. Monsieur Atsva affirme qu'ainsi il profite de la vie à la fois au-dessus et en dessous du niveau de la mer.

À la fin de l'entretien, contrairement à l'usage qui exclut d'aborder les sujets personnels, JFR annonce à William Herschey l'adoption de Tim, qui vaut simplement à Claire un « Félicitations » en français.

La semaine suivante, débutent les réunions. À plusieurs reprises, Claire est surprise de voir qu'elle n'est pas convoquée alors qu'elle est directement concernée. Elle s'en étonne auprès de JFR. « Ne vous inquiétez pas, je ne veux pas vous surcharger si ce n'est pas nécessaire. »

Le mercredi matin, JFR arrive plus tard, c'est son jour de kiné après le jogging. WH est donc seul dans son bureau quand il voit arriver Claire. Il sort aussitôt dans le couloir.

— Ah, Claire, heureux de vous croiser, vous êtes la femme invisible ! Je n'entends que des compliments sur vos compétences et vos succès auprès des clients. Pour autant, même si vous êtes débordée de travail, quand je vous convie à une réunion, je souhaite que vous y soyez.

— Mais vous ne m'avez jamais convoquée…

Claire s'arrête net, elle vient de comprendre la manipulation dont elle est victime. WH l'a compris, lui aussi, il enchaîne :

— Bien, dorénavant je vous convoquerai directement sans passer par le secrétariat de Jean-François. Bonne journée.

Que faire ? Impossible d'affronter JFR, ce serait lui prouver qu'il a menti. Mais à quoi joue-t-il ? Tim a peut-être raison, Jean-François a-t-il d'aussi bons sentiments à son égard ? Pourtant, selon ses collègues, elle est sa protégée, sa « chouchoute ». Ne dit-il pas souvent « Claire, vous me succéderez… » ? Un peu trop souvent peut-être. Mais en récupérant Atsva Monde et avec son portefeuille de clients et ses compétences, Claire est susceptible, à quarante-huit ans, de menacer la toute-puissance de JFR. Son statut de mari et beau-frère des actionnaires le protège, mais les Américains, qui font facilement la différence entre le business et la famille sont capables de le remplacer, s'ils jugent un autre associé capable de meilleures performances. À la lumière de sa trahison, Claire considère certains comportements d'un autre œil : notamment l'omniprésence de Nathalie Mercier, sorte de requin femelle dont JFR sollicite l'avis sur les dossiers de Claire, sans raison. Évidemment, elle donne une recommandation inverse, histoire de s'affirmer. À plusieurs reprises JFR a tranché en faveur de Nathalie, obligeant Claire à revoir sa stratégie, quitte à revenir ensuite sur son premier arbitrage pour finalement donner raison à Claire.

Claire comprend qu'elle n'est pas la seule à vivre ces situations, et que JFR prend du plaisir à attiser la concurrence entre deux associés, qu'il installe la compétition pour mieux affirmer sa domination, pour ne pas dire sa toute-puissance. Elle prend conscience qu'animés par un tel état d'esprit, les six associés du cabinet Truchot-Herschey ne peuvent pas se comporter comme une véritable équipe. Les relations sont aimables, courtoises, l'humour est de rigueur, mais la solidarité n'existe pas. Lorsqu'on se réunit pour fêter un procès gagné, la convivialité est factice, chacun ne pense en réalité qu'à faire mieux que le vainqueur du jour pour se faire plus apprécier de JFR.

La vie de Claire au cabinet devient pénible, Jean-François l'ignore des journées entières puis brusquement l'invite à déjeuner pour « bavarder » et la couvrir de compliments sur son look, mais jamais sur ses dossiers. Il souffle le chaud et le froid dans une subtile alternance. Quand Claire semble être à bout, il regagne sa confiance. Il sait qu'elle attend cette reconnaissance, il ne la lui donnera pas. En revanche, il la submerge de travail.

Claire fait face, fragilisée, elle perd confiance en elle, s'isole et travaille deux fois plus, mais se sent moins efficace. Ses performances commencent à s'éroder. Elle quitte la maison avant que Tim et Paul soient réveillés ; le soir, elle rentre trop tard pour dîner avec eux. Épuisée, elle grignote seule debout dans la cuisine et s'endort aussitôt couchée. Plus question de partir en week-end, elle les consacre à ses dossiers. Paul souffre de voir Claire s'éloigner. Il s'inquiète pour Tim et essaie de compenser en lui consacrant le maximum de temps. Ils décident d'apprendre le golf augmenté grâce au practice situé sur le toit de leur immeuble. Comme tous les enfants, Tim a un swing naturel, qui lui permet de progresser très vite, ce n'est pas aussi facile pour Paul, qui réfléchit trop… Au tennis, il est un excellent joueur, il entraîne Tim avec un simulateur sur écran géant avec retours haptiques* intégrés. Mais Tim préfère le grand air, alors ils partent faire du vélo le dimanche matin dans les forêts qui entourent Paris. En attendant Claire, ils regardent presque chaque soir un film dans leur home cinéma équipé de vitres murales à haute résolution, ou ils visitent un musée, déambulant dans une reconstitution parfaite des scènes d'antan, tranquillement assis dans le salon avec leurs casques de réalité virtuelle qui offrent une impression de relief en adressant des images différentes à l'œil droit et à l'œil gauche et des signaux sonores spécifiques destinés à chaque oreille. Tim veut apprendre un instrument de musique. Paul propose la batterie, un vieux rêve de gosse pour lui, mais Tim préfère un instrument solo, alors va pour le violon. Les débuts sont ingrats, heureusement que les pièces de la maison sont parfaitement insonorisées ! Malgré un apprentissage plus que pénible, Tim ne se lasse pas. Il aime la difficulté, se mesurer à ce qui lui résiste.

Un soir en rentrant du bureau, Paul trouve Tim devant les photos de son enfance, étalées sur son lit.

— Tu ne remarques rien sur ces photos ?

— Que ta maman était très jolie et que tu lui ressembles ? répond Paul.

— C'est vrai, mais non, ce n'est pas ça. Regarde plutôt mon père, tu ne vois pas qu'il a l'air triste ? Que ce soit en uniforme de légionnaire en Guyane ou chez nous à Saint-Ferréol. Pourtant avec maman, tout allait bien, jamais une dispute ; ils étaient d'accord sur tout, sauf pour le jardinage. Elle voulait des fleurs, et lui des légumes, il avait fallu diviser le jardin pour que chacun se livre tranquillement à ses cultures. C'était leur sujet de plaisanterie favori. On avait de vrais amis, mais bizarrement pas de famille. Ça ne me manquait pas, on était vraiment heureux tous les trois. Mais quand je demandais pourquoi je n'avais ni grand-père, ni grand-mère, ni cousins, comme mes autres copains ? J'avais droit à : « On te dira tout ça quand tu seras plus grand » et « Tu nous as, nous, c'est l'essentiel ». Mais voilà, ils sont partis et je ne saurai jamais rien.

— Tim, moi j'ai bien connu ton père quand il était petit. Il ne s'appelait pas Léon Kristelost, mais François Atornet.

— Quoi, mais qu'est-ce que tu racontes, et pourquoi il aurait changé de nom ? lui demanda Tim les yeux écarquillés.

— Je l'ignore. Nous vivions à Marseille, dans le quartier du Panier derrière la Mairie, près du Vieux Port. C'était encore un quartier populaire, en cours de réhabilitation. Les ruelles étaient trop étroites pour les voitures, elles finissaient souvent en escalier, donc on pouvait sans risque jouer au foot. Nous partagions la vieille maison de notre grand-père Atornet. Ton père était assez réservé, mais bon public. On attrapait des fous rires quand mon frère aîné racontait des blagues marseillaises, en forçant un accent qu'il n'avait pas. Ton père adorait la mer : dès le printemps, on allait se baigner presque tous les jours soit aux Catalans soit aux Prophètes, ce sont des plages dans le centre de Marseille. Quand on avait plus de temps, on partait dans nos chères calanques, Callelongue, Sormiou, Morgiou. L'été, on cherchait la fraîcheur au pied du fort Saint-Jean, à l'entrée du Vieux Port, sur le chemin du Mucem, le musée des civilisations méditerranéennes. À cette époque, Marseille avait encore mauvaise réputation à cause des règlements de compte entre bandes rivales, qui faisaient les unes des journaux. Et puis, c'était une ville pauvre ! Pas très loin de chez nous se trouvait le 3e arrondissement, le quartier le plus déshérité de France avec un habitant sur deux sous le seuil de pauvreté. Les ouvriers qui travaillaient autrefois au port étaient peu à peu partis et avaient été remplacés par des familles de migrants, comoriens puis maghrébins, qui n'avaient rien. Un quartier qui semblait être à l'abandon. Mais nous, on ne voyait pas tout ça, on était heureux, on profitait des bons côtés de la ville, de la mer et du soleil, et malgré tout, elle attirait de plus en plus de touristes et même de nouveaux habitants, préfigurant ce que Marseille allait devenir. Ton père se confiait peu, sauf peut-être à une de nos amies, Christelle, il en était très proche, je crois qu'il était amoureux d'elle. À dix-huit ans, il est parti et s'est engagé dans la Légion étrangère, on n'a jamais su pourquoi. Il n'a plus donné de nouvelles.

Tim regarde les photos, en écarte certaines, pour mieux s'attarder sur d'autres. Il en réserve quelques-unes qu'il souhaite examiner seul, plus tard. Il jette un regard tendre à Paul qui n'a pas osé aborder à nouveau le problème du compte en banque. Tim espère n'être plus interrogé, heureux d'en savoir enfin plus sur son père…

8

Il fait encore nuit noire, la ville bruisse moins qu'un bosquet de lavande dans le mistral. Paul est soudain tiré de son sommeil par un bruit répétitif, Esther n'a pourtant programmé son réveil que pour 7 h 30 ; Claire qui a pris un sédatif respire profondément, encore coupée du monde. Paul se lève, intrigué par ces sons heurtés, cherchant l'origine de ce chahut. Cela cogne derrière la porte de la salle de bains fermée de l'extérieur. Il entre et découvre Max paniqué, une serviette de toilette solidement nouée autour de la tête. Le robot a voulu se dégager, mais ne pouvant y parvenir, il se cogne contre la cloison et la porte. Paul le libère, Esther analyse la situation et déduit qu'elle est urgente et grave. Le rythme cardiaque de Paul s'emballe. Il lui faut quelques secondes pour se précipiter dans la chambre de Tim, en haletant. Le lit est fait, le bureau rangé…mais pas de Tim ! Il a pris son sac et quelques affaires, un vieux sweat et un jean rapiécé. Plus de brosse à dents dans le gobelet de sa salle de bains. Pas un mot en vue.

Claire encore somnolente découvre les lieux, l'air hébété :

— Mais il est passé où ? lance-t-elle.

— J'aimerais bien le savoir, répond Paul qui s'est endormi la veille au soir, persuadé que le petit était heureux d'en savoir plus sur son père. C'était bon signe, il allait bien. Même pas. Lui raconter ce que son taiseux de père s'était entêté à taire lui avait mis la tête à l'envers. Il ne faut pas perdre un instant et tout mettre en place pour le retrouver. Esther, plus mobilisée que jamais, analyse toutes les données possibles, liste les hypothèses, même les moins vraisemblables. Elle scrute et épluche en continu l'ensemble des messages postés par Tim sur les réseaux sociaux, ainsi que tous ceux envoyés par ses correspondants. En quelques secondes, elle scanne la totalité des informations concernant les faits divers à mille kilomètres de Paris : Accidents, arrestations, hospitalisations, gardes à vue, appels aux urgences… Elle reste attentive à tout retrait bancaire, mais il n'y en a pas, à tout mouvement sur le compte. Son but, sa mission : localiser Tim coûte que coûte ; elle diffuse un portrait holographique auprès de toutes les instances policières, sans oublier les douanes, la police aux frontières. Elle note qu'il n'a pas pris de provisions, excepté quelques biscuits et du chocolat. Ration de campagne ! Un indice ? Possible. Elle explore aussi les causes probables de cette fugue. Un malaise ? Sans doute, mais pas suffisant pour fuir. Il aurait laissé davantage d'indices. Une crise de mélancolie et de nostalgie due à l'évocation de son père mort ? Peut-être. Il est sensible, dans ce cas, il sera facile à retrouver. Pas de trace de billet de train acheté en ligne, pas de trace non plus de commandes UBER ni de place pour un covoiturage et il n'est pas du genre à faire du stop. Son esprit d'aventure n'aime pas les prises de risques irraisonnées. Il est parti et n'a pas été enlevé, sa chambre ne serait pas si bien rangée, et il est impossible d'entrer dans l'appartement par effraction, Max veille. Esther visionne les enregistrements des caméras de surveillance de l'immeuble, de la rue, du quartier. Le temps passe, les données s'accumulent, le tri s'opère. Elle trouve des images : On y voit Tim sortir de la résidence, portant un blouson en toile, un polo noir, un jogging gris souris et ses vieilles baskets. Il marche d'un pas assuré, mais sans précipitation. Un sac sur l'épaule. Il fouille ses poches, en retire des objets difficiles à identifier qu'il enroule dans une espèce de serviette de table… Esther zoome pour déduire ce dont il s'agit : un collier, un bracelet, une montre…

Sur-le-champ, elle prévient Paul et Claire : Je crois qu'il vous a emprunté des objets de valeur. Allez vérifier dans l'armoire de la salle de bains, mais je crains que certains bijoux ne manquent… En effet ! Claire, sous l'émotion, s'assoit sur le bord de la baignoire, Paul pose une main sur son épaule :

— Je n'aurais jamais pensé qu'il soit capable de ça. Qu'est-ce qu'on a raté pour qu'il nous vole ? Tu crois qu'on n'a pas su l'aimer ?

— Il ne l'a pas fait sans raison. Il a un problème c'est évident.

— Tu as sans doute raison, mais lequel ? Paul regarde Esther, l'air perplexe.

— C'est ce que j'attends de toi ! Trouve-moi pourquoi un gamin comme lui est capable de dérober des objets précieux ! Pour en faire quoi ? Et dépêche-toi !

— Vous êtes choqué, je le comprends, mais ce n'est pas suffisant pour que vous utilisiez ce ton agressif à mon égard, rétorque Esther. Je fais toujours du bon travail, Paul, vous le savez, laissez-moi juste le temps de vous soumettre une version cohérente…

— Je te conseille de me la trouver vite !

Paul cherche à comprendre. Il imagine tous les scénarios possibles, mais pas le bon. Dans un premier temps, il opte pour la fugue et un retour au pays. Peut-être a-t-il tout simplement voulu revoir son village ? Peut-être dort-il dans une grange ou une écurie abandonnée, dans l'arrière-pays, non loin de son ancienne maison ? Peut-être erre-t-il dans le cimetière où reposent ses parents ? Non, il me l'aurait dit, j'aurais deviné son malaise. Paul cherche à se convaincre, mais au fond ne croit à aucune version. L'angoisse l'empêche de réfléchir.

Claire qui sort de sa douche répète sans cesse :

— Je ne comprends pas, je ne comprends pas pourquoi il a fait ça.

Puis, elle s'habille machinalement, se coiffe sans prêter attention à ce qu'elle fait. Paul la regarde :

— Il s'agit de réagir et pas de baisser les bras…

— Je sais mon chéri, tu as raison, mais j'ai peur.

Quelques minutes plus tard, le temps de boire un café debout dans la cuisine, Esther annonce triomphante :

— Je l'ai localisé. Pas évident, car il a beaucoup bougé. Il a marché, pris le métro, il a même eu le temps de s'acheter un croissant ! Je peux restituer l'ensemble de son parcours. Assez étrange d'ailleurs. En ce moment, il est dans un square, prostré dans une cabane où l'on entrepose les outils de jardinage. Le mieux est de s'y rendre au plus vite et de l'approcher en douceur, car je pense qu'il est très perturbé…

— Tu penses que c'est mieux si je viens ? demande Claire.

— Évidemment, nous sommes ses parents, il ne comprendrait pas que je sois seul, j'aurais l'air d'aller demander des comptes alors que je veux simplement qu'il m'explique le pourquoi de ses actes, de cette fugue… sans le brusquer. Je ne le condamne pas, je m'inquiète.

— On ne connaît jamais les autres. C'est une illusion de s'imaginer que l'on sait qui ils sont. J'ai cru cerner mon patron, je me faisais des idées. Je pensais que Tim s'était habitué à sa nouvelle vie et sa conduite me surprend. Je n'y comprends rien. Voilà ce qui me chagrine le plus, m'apercevoir que les autres nous échappent et qu'on les voit tels que ça nous arrange…

— Trêve de discours, il faut y aller.

Le trajet semble interminable. Il ne s'est passé que quelques heures à peine entre la disparition de Tim et l'instant où Esther l'a localisé, mais l'angoisse a tout envahi et trop de questions restent en suspens. Aux abords du square, non loin du lycée que Tim fréquente, Paul et Claire avancent en se tenant la main. « Laisse-moi faire. » murmure-t-il en approchant de la remise. Il toque doucement et comme il n'obtient aucune réponse, il pousse la porte en bois, elle résiste, un râteau mal bloqué derrière la serrure tombe dans un bruit sec. Tim, immobile, accroupi, le dos collé à une brouette en tôle, lève les yeux vers Paul :

— Te voilà drôlement installé mon chéri…

Tim se lève sans dire un mot, s'approche de Paul pour venir se blottir contre son épaule et le serrer dans ses bras, très étonné par la douceur que lui témoigne son père adoptif.

— Pardon, je me… comment dire ? Désolé, je ne voulais pas vous faire de peine. Mais j'étais… ou plutôt j'ai cru qu'il n'y avait pas d'autres moyens…

— Tu es fatigué, tu ne penses pas qu'il serait préférable de rentrer ?

Tim acquiesce et prend Paul par le bras. Claire piétine les gravillons du square, elle n'a pas osé entrer pour ne pas troubler les retrouvailles et quand Tim la voit, il se contente de l'embrasser en murmurant :

— C'est bien que tu sois là…

— C'est normal que je vienne, non ? J'ai eu si peur, murmure Claire la gorge encore serrée et les yeux pleins de larmes.

— C'est gentil.

Il s'agit de ne pas le brusquer. Une fois à la maison, Tim accepte de boire un chocolat, Claire et Paul demandent à Esther de prévenir leur bureau respectif qu'ils seront en retard et tournent en rond dans la cuisine, sans poser la moindre question.

— Bon, il faut que je vous explique. C'est compliqué. Vous connaissez Alice ?

— La fille d'Antoine ?

— Oui. Je l'avais rencontrée dans cette soirée pleine de gens creux. Eh bien, je suis resté en contact avec elle…

— Ah bon ? Et tu t'entends bien avec elle ?

— Oui, elle est sympa, douce et jolie aussi. Pas le genre de fille qui ne parle que d'elle et qui ne s'intéresse qu'à des futilités. Je l'aime bien, je me sens proche d'elle, tu vois ? Il lui est arrivé un truc incroyable. Dans son bahut, il y a une espèce de bande, des types louches, des racailles. Elle ne les fréquente pas, mais ils lui ont fait des ennuis. Pas un truc de drogue, non, elle ne touche pas à ça. C'est presque pire. Le chef de la bande vient d'une banlieue, dans le Nord je crois, il n'est pas dans le même lycée. Un jour, il vient attendre Alice après les cours. Ses complices l'obligent à aller dans les vestiaires de la salle de sport en pleine rénovation. Donc pas de gardien, juste une barrière en fer. Ils la plaquent contre une armoire et elle croit qu'ils vont la violer. Elle est jolie… Mais ce n'est pas ça qu'ils veulent, ils s'en fichent de sa beauté, ils veulent autre chose.

— Quoi ? demandent en même temps Paul et Claire.

— De l'argent. Ils exigent qu'elle leur donne de

l'argent pour être « protégée » comme dit leur chef. « Si tu ne nous donnes pas mille euros, tu vas avoir de vrais soucis. » Du racket. Ils disent assurer sa protection et pour ça, elle doit payer. Évidemment, c'est un prétexte, car ils savent que ses parents ont les moyens et ils veulent en profiter. Elle refuse et le chef lui met une gifle. La pauvre ne sait pas comment s'en sortir, elle promet de payer pour qu'ils la laissent tranquille. Avant de partir, le chef lui lance : « Méfie-toi, on te surveille. » Elle est tellement choquée qu'elle n'en parle pas à ses parents, c'est moi qu'elle appelle pour tout me raconter. Je lui dis que je ferai tout pour l'aider. Mais je ne sais pas du tout comment procéder… Elle va un peu mieux, mais a peur tout le temps. Elle se retourne quand elle marche dans la rue, regarde partout avant de sortir. Dément. Moi, je suis bien embêté, car je n'ai pas de sous, voilà pourquoi je t'ai demandé d'augmenter le plafond de ma carte. J'aurais sans doute mieux fait de tout te dire tout de suite, mais je n'ai pas osé. Je craignais que tu refuses ou que tu fasses échouer le plan. Alors, j'ai retiré du liquide et commencé à faire une cagnotte pour la donner à Alice. Une belle somme déjà, mais quand elle l'a donnée au chef de la bande, un soir après les cours, dans une enveloppe, il a jeté un œil au contenu et, sans même vérifier, a dit que le compte n'y était pas. Il est terrible ce type, les autres l'appellent « le morpion » parce qu'il ne te lâche jamais, il reste collé à toi, et te balance des baffes quand il est énervé. Alice était paniquée, et la voir dans cet état me faisait trop mal. Alors je me suis arrangé pour rencontrer « le morpion » et lui donner plus d'argent, et pour que le compte y soit, j'ai pris des bijoux dans le tiroir de la salle de bains, sans me rendre compte que j'allais vous faire de la peine, j'étais obsédé par cette histoire et je voulais la régler au plus vite. Et puis je me suis dit bêtement que tu en avais tellement, des bijoux, que tu ne t'apercevrais pas s'il en manquait deux ou trois. Je n'imaginais même pas que ce genre de chantage ne s'arrêterait jamais. Pour ces types, c'est un filon, je l'ai compris ce matin, après lui avoir tout donné. Il a glissé l'argent et les bijoux dans la poche et a juste dit : « C'est bon pour ce mois… ». Je me suis dit que c'était fichu, qu'il allait continuer ses menaces et sa terreur et je me sentais nul, j'avais honte de ce que j'avais fait. Honte de vous avoir menti et volés, tout ça pour sauver Alice. Mais en fait, je ne pourrais pas y arriver… la bande du « morpion » va nous tomber dessus…

— Je comprends maintenant. Mon pauvre chéri, tu as fait ce que tu as cru bon, tu as laissé parler ton cœur. Ne t'inquiète pas, nous étions très inquiets que tu aies disparu, on ne t'en veut pas, on voulait juste savoir pourquoi tu étais parti comme ça. Comme ton père, du jour au lendemain. Tu aurais dû nous parler tout de suite de cette histoire. Ce sale type profite de sa force pour vous impressionner, il s'appuie sur la bande pour exercer ses pressions et son chantage. Mais il n'est pas aussi malin que tu croies, Esther va l'identifier, lancer des recherches, elle n'aura pas de mal à savoir qui est ce voyou et qui sont ses acolytes. Les fichiers qu'elle garde en mémoire seront croisés et elle déposera en notre nom une plainte suivie de poursuite, ton « morpion » finira comme tous les parasites : au rebut, écrasé ! Et nous mettrons en place un réseau de surveillance rapprochée pour sécuriser cette pauvre Alice. J'appelle tout de suite son père, je suis sûr qu'il sera d'accord et que, lui aussi, va mettre en branle une procédure. Arrête de t'angoisser. Et merci de nous avoir dit la vérité. Tu as raison de nous faire confiance, tu es notre fils et tout ce que tu vis nous concerne…

Tim regarde le fond de son bol de chocolat en retenant ses larmes. Il a seulement voulu aider… Quelques jours plus tard, le « morpion » est identifié et inculpé pour extorsion, menace et autres charges. Quand Paul apprend qu'il a été placé dans un centre spécialisé fermé pour être rééduqué, il dit simplement à Tim :

— Le morpion ne démangera plus personne ! C'est réglé. L'État se charge de lui redonner les bases qui manquaient à son éducation. Il a été envoyé en Bretagne et ses sbires éparpillés dans plusieurs institutions très éloignées les unes des autres. Ça te dirait d'inviter Alice à dîner. Tu choisiras le menu et vous demanderez à Max de projeter un film dans ta chambre.

— Merci papa. Je lui envoie un message tout de suite. Je sais qu'elle aime les lasagnes. J'espère que Max m'a pardonné.

— Il est fait pour servir mon chéri, pas pour t'en vouloir et il se fera un plaisir de préparer un grand plat de lasagnes si tu le lui demandes.

Il avait dit « papa », Paul n'avait retenu que ce mot-là. En allant se coucher Paul réalise qu'il a oublié de remercier Esther.

— Au fait, Bravo Esther !

— Ah enfin un compliment, merci ! Et j'en profite pour vous dire que vous avez bien choisi mon prénom.

— Que veux-tu dire ?

— Vous connaissez la signification du mot Esther en Hébreu ?

— Non

— Eh bien ça veut dire « caché »

— Je ne savais pas, et suis très content de l'apprendre !

9

— **Allo, Paul,** je ne me sens pas bien, je rentre. Tu es à la maison ?
— Non, mais je rentrerai plus tôt, si tu veux.
— OK et si tu veux bien t'occuper du dîner, je suis fatiguée.
— Bien sûr, à tout à l'heure.

Paul raccroche et sollicite immédiatement Esther.
— J'ai compris, Paul, lui dit-elle sur un ton amusé, vous souhaitez que je commande le dîner de ce soir ?
— Oui, Claire est à bout et je voudrais lui faire plaisir. Peux-tu me proposer un menu ?

Dans la seconde qui suit, une fenêtre s'ouvre sur l'écran du terminal de Paul et les plats préférés de Claire défilent. De petits émetteurs disposés dans les coins de l'écran permettent de savourer les arômes des plats à choisir.
— Parfait pour une salade de crevettes roses en entrée puis un ceviche de thon aux agrumes ; Claire adore les accompagnements à base de pamplemousse et de citron vert. Commande également un petit bouquet de tulipes blanches et une bouteille de chablis, s'il te plaît.
— Je transmets la commande des plats à votre traiteur préféré, rue Cler, je vois qu'il reste dans votre cave une très bonne bouteille de sancerre qui arrosera parfaitement votre dîner. Je lui demande de vous livrer à

19 h 45, cet horaire vous convient-il ?

— Non, dis-lui plutôt 19 h 15, je veux que les plats arrivent avant que Claire soit rentrée. OK pour le sancerre, à température.

Quand Claire arrive, Paul comprend tout de suite qu'il s'est passé quelque chose : elle est pâle comme un comprimé d'aspirine et semble épuisée.

— Que se passe-t-il, ma chérie ?

— Laisse-moi poser mes affaires, je vais te raconter.

Max et Esther ont bien travaillé, le dîner est prêt, dressé dans des assiettes en Limoges, sur la table basse du salon au milieu de laquelle trône le ravissant bouquet de tulipes bicolores.

— Comme c'est gentil, Paul ! J'adore ce que tu as commandé, dit-elle en jetant un œil aux plats magnifiquement dressés. Alors voilà, tu te souviens du petit bracelet que m'avait offert Nicole il y a trois ans ?

Nicole occupe le poste de collaboratrice au sein du cabinet T&H depuis vingt ans. Elle n'a pas réussi son examen d'avocat malgré quatre tentatives, mais se révèle d'une aide précieuse pour les associés. Elle vit au rythme des sautes d'humeur de JFR ; les associés lui reprochent souvent de ne jamais penser par elle-même, épousant tous les souhaits, décisions de JFR, même les plus absurdes, Nicole, d'une nature docile, voire servile, répond inlassablement : « Vous ne réalisez pas tout ce qu'il fait pour vous et pour le cabinet ». Pour ce qui la concernait, cette affirmation était exacte, elle bénéficiait d'un salaire supérieur de 25 % à ce qu'elle aurait pu trouver ailleurs et tout le monde le savait. Les relations de Nicole et Claire avaient toujours été difficiles, Nicole jalousant la réussite de Claire qui lui manifestait cependant une affection constante et regrettait qu'elle n'ait pu accéder à la même carrière que les associés. Un matin, Claire entre dans le bureau de Nicole et remarque un joli bracelet, probablement ancien, fait de lanières de cuir noir et d'argent torsadé, posé sur une pile de dossiers. Claire lui demande ce que ce bracelet fait là. Nicole lui répond qu'elle souhaite le vendre, parce qu'elle ne le porte plus. Claire le trouve joli et lui propose de lui acheter. Nicole accepte, lui donne son prix et le lui confie en lui disant qu'elles en reparleraient à la fin de la semaine, pour lui laisser le temps de la réflexion. Trois jours plus tard, Claire qui n'a pas quitté le bracelet lui confirme sa décision de l'acheter.

— Tu sais, je suis ravie de te l'offrir, lui déclare Nicole sur un ton plus qu'amical. Il n'a pas beaucoup de valeur, mais puisqu'il te plait, je te le donne, c'est une façon pour moi de te dire que nos disputes ne sont pas de notre fait, et que si JFR n'était pas toujours au milieu, nous aurions certainement des relations moins conflictuelles.

Pour Claire, ce moment très fort prouvait l'amitié de Nicole, il lui montrait qu'elle était au fond d'elle-même lucide sur l'attitude de JFR, qu'elle aurait aimé être plus proche d'elle, mais que l'état d'esprit du cabinet ne le permettait pas. Cet objet au demeurant banal revêtait une grande valeur pour Claire qui ne le quittait que rarement, même pour dormir.

— Bien sûr, le bracelet en cuir et argent que tu ne veux jamais enlever.

Eh bien, Nicole m'a adressé un message aujourd'hui, laconique : « Claire, merci de me rendre mon bracelet » …

— Mais qu'est-ce que c'est que cette histoire, elle te l'avait bien offert, il y a plus de trois ans, non !

— Oui, oui, et c'est ce que je lui ai dit, mais elle m'a répondu que je m'étais engagée à lui payer et que je ne l'avais jamais fait, qu'il était donc à elle et que je devais lui rendre sur-le-champ.

Sidéré, Paul se demande les raisons d'une telle attitude :

— Tu as de la peine, ma chérie ?

— Oh… Je suis bouleversée, Nicole me déteste à ce point ?

— Non je ne crois pas, lui dit Paul en avalant la dernière crevette de sa salade, je crois que c'est plutôt JFR qui est à la manœuvre. Depuis quelque temps, vous étiez plus proches et il a dû le sentir. Il ne supporte pas que vous vous entendiez, ça réduit son emprise et puis il est jaloux du bonheur des autres. Il manipule Nicole depuis toujours, il savait qu'elle t'avait offert ce bracelet, je pense qu'il lui a intimé l'ordre de te le reprendre. Elle s'est exécutée, par faiblesse, prisonnière de sa dépendance affective, psychologique et financière.

— Elle comprend que ce qu'elle fait est minable ?

— Non, elle n'a plus de libre arbitre et l'influence de JFR la pousse à mal se comporter.

— C'est affreux, dit Claire qui avait retrouvé des couleurs et terminait son plat préféré.

— Oui, il vampirise et détruit son entourage, c'est un pervers narcissique, il souhaite vous affaiblir les unes et les autres, pour mieux vous dominer, vous êtes ses marionnettes. Les gens atteints de cette pathologie sont très dangereux, ils arrivent à culpabiliser les autres tout en se faisant passer pour la victime.

Le mot était prononcé et sonnait comme une sentence pour Claire, comment allait-elle s'en sortir ?

Après son dernier verre de sancerre, Claire s'allonge et s'endort en murmurant d'une voix douce « Merci, mon chéri, pour ce dîner, le bouquet de tulipes et ta tendresse, je t'aime ».

Elle avait posé le bracelet sur sa table de chevet, pour n'être pas gênée quand elle se glisserait vers lui pour l'étreindre. Paul enlève Esther de son poignet et la met en veille. Claire n'avale pas de sédatif, le plaisir qu'elle avait ressenti lui assurerait un sommeil paisible. Paul plonge son nez dans sa chevelure pour éprouver le bonheur de sa présence douce. Sa main ne quitte pas le sein de sa femme jusqu'à son premier sommeil, il se retourne, elle le sent bouger et se rapproche de lui, pour que sa jambe vienne doucement épouser celle de son cher Paul.

10

Les moments de complicité partagés avec Tim deviennent la priorité de Paul. Pour la première fois de sa vie, son emploi du temps ne tourne plus exclusivement autour de son job. Désormais, il calque son petit-déjeuner et son départ au bureau sur le rythme de Tim et le soir, il a hâte de rentrer pour le retrouver. Il n'accepte aucun déplacement professionnel de plus d'une journée, refuse tous ceux qui ne sont pas indispensables, considère que le télétravail doit être la règle et emmène Tim avec lui chaque fois que c'est possible. Un mercredi matin où il n'a pas cours, Paul lui fait cette proposition : « Et si je te faisais visiter mon bureau ? » Le groupe agroalimentaire Biospeed, dont Paul est l'un des principaux dirigeants, autrefois situé dans la périphérie, a rejoint Paris intra-muros lors des grands travaux de 2025 en intégrant un des centres d'affaires et de services créés par la Mairie pour inciter les entreprises à se réinstaller dans la capitale. Tout a été prévu pour faciliter la vie des occupants et les décharger de tout souci matériel afin qu'ils se consacrent entièrement à leur job : conciergerie, blanchisserie, supérette avec plats à déguster sur place ou à emporter, magasins virtuels avec livraison immédiate, coiffeur, esthéticienne, maison médicale, infirmière, kiné, salle de sport, spa, piscine, tennis, practices de golf, centres de méditation et de yoga et restaurants à tous les prix. Le groupe Biospeed a choisi le nouveau centre d'affaires de la porte Dauphine pour sa navette, qui permet d'atteindre l'aéroport en quinze minutes, critère majeur pour une multinationale.

Le bureau de Paul est situé au quatorzième étage avec vue panoramique sur le Bois de Boulogne.

— Alors ça !! C'est vraiment beau ! On dirait une vraie forêt.

— Mais c'est une forêt…

— Non, c'est un espace boisé à conserver et il est ancien… Une sorte de petite canopée, j'aime ce mot-là, il me fait rêver.

Paul sourit, c'était l'effet « option sylviculture » … Bien que d'une grande sobriété, le bureau de Paul a coûté une fortune, car conçu et réalisé sur mesure par un célèbre designer-décorateur très en vogue. La longue table de travail en matériau composite à base de lin, sans pied d'appui et soutenue par deux filins de bateau, semble flotter dans l'espace. Son plateau s'ouvre par des panneaux coulissants sur un terminal d'ordinateur et des rangements, le fauteuil de bureau massant et relaxant offre une ergonomie calculée en fonction de la morphologie de Paul pour soigner préventivement ses lombaires. Un autre fauteuil composé de plusieurs éléments s'ouvre en se déboîtant pour former des chaises pour les participants aux réunions. Une porte dissimulée dans le mur donne accès à une mini-cuisine avec bar et une salle de douche à l'italienne avec débit d'eau maîtrisé. À l'opposé, près de grandes baies vitrées, deux canapés de part et d'autre d'une table basse, un fauteuil en cuir végétal noir, une bibliothèque presque entièrement remplie de livres de La Pléiade et un écran mural géant. Un dégradé de gris. Un lieu paisible et on ne peut plus élégant.

Deux immenses toiles abstraites et très dynamiques sont les seules taches de couleur autorisées. Tim observe silencieusement la pièce, regardant attentivement chaque meuble, chaque objet.

— Alors, tu le trouves comment mon bureau ?

— Grand et clair. On ne se sent pas enfermé. Tu dois être bien pour travailler. Ils sont beaux les tableaux.

— Oh, je les ai depuis plus de vingt ans. J'ai flashé en les voyant dans la vitrine de la galerie, je les ai achetés en cinq minutes. Ils sont d'un peintre cubain, à l'époque peu connu en dehors de son île, qu'avait déniché avec son talent habituel David Pluskwa, le célèbre marchand d'art.

— Ils me plaisent, les couleurs me font penser au Midi : tu vois, il y a le jaune du soleil, le violet c'est quand le mistral souffle, on a froid, le vert ce sont les cyprès, l'ocre les rochers et le bleu c'est le ciel, bien sûr.

Tim exprime ce que Paul a ressenti intuitivement, sans prendre le temps d'y réfléchir et de le formuler : il a aimé ces tableaux parce qu'ils lui rappellent sa Provence natale. C'est devenu ça, sa vie : une course effrénée, la poursuite délirante de la réussite sociale et matérielle, qui ne laisse aucune place à la moindre vie intérieure. Pourtant, il jouit d'une disposition à la contemplation que les contraintes ont inhibée. Au fil des années, il en vient à oublier les petits plaisirs qui jadis suffisaient à son bonheur. Manque de temps. Pas seulement. Une espèce de dérive. La conjonction de contraintes qui a fini par inverser l'ordre des priorités. Claire est la proie de la même logique. Tim, lui, ne manque pas de profondeur dans ses raisonnements et ses réactions, mais surtout, sa spontanéité le protège de tout égarement. Sa manière d'être est tellement éloignée de tout ce que Paul a vécu jusque-là. Il reste ouvert, intuitif et sensible. Il a agi avec impulsivité pour sauver Alice, guidé par son cœur... Il s'approche de la bibliothèque dont l'éclairage varie en intensité selon l'endroit où se pose son regard.

— Tu as un paquet de livres, et tous reliés ! Ils ont l'air neufs, tu ne les as pas lus ?

— À part les livres sur la nutrition, les cultures transgéniques, le marketing, ou l'agroalimentaire, je t'avoue que non, je n'ai pas le temps. Certain, je ne les ai même pas ouverts.

— En fait, pour toi, la lecture c'est juste utilitaire, c'est pour ton travail. Moi, j'adore lire et je préfère les livres que je choisis à ceux qu'on m'impose au collège ! Je vois que tu as beaucoup de poésie aussi.

— Ce sont des cadeaux.

— Ah ! André Breton, Paul Éluard, c'est qui ton poète préféré ?

— Tu sais, ça remonte au lycée... j'avais bien aimé Jacques Prévert. Je l'aime bien aussi, mais je préfère André Breton. Quand j'ai découvert L'amour fou, je suis resté fasciné : « Je vous souhaite d'être follement aimé. » C'est la dernière phrase, j'adore. Je l'ai découvert quand j'étais petit dans les Cahiers du Sud de Jean Ballard. Mon père en avait une collection entière. Elle est dans un des cartons que tu as récupérés chez moi. Si tu veux, je t'en lirai. J'aime bien les Haïkus... Tu sais, c'est amusant à faire, même s'il faut respecter des règles strictes. Parfois, le soir, j'en écris. L'autre jour, j'en avais un qui germait dans ma tête et tout d'un coup il est venu. « La libellule hésite entre les fleurs. La lumière la conseille. Elle se pose et le roseau danse. » On pourrait essayer ensemble si tu veux.

— C'est très beau ce que tu me dis, tu as plein de talent, dis donc ! Si tu as envie de prendre des livres, n'hésite pas. Une bibliothèque que personne ne consulte c'est un cimetière.

— J'ai du mal à lire dans les beaux livres. Surtout le papier bible, c'est trop fin, trop fragile, difficile à manipuler, et puis je n'ose pas corner les pages, souligner les passages. Près du collège, il y a des bouquinistes et, en sortant, j'y passe parfois. Là, j'ai envie de tout acheter. Il me semble que lire un livre d'occasion, c'est partager avec un inconnu. On met un peu sa main dans la sienne.

Paul se dit que la visite de son bureau n'a jamais suscité de commentaires aussi éclairants que ceux de Tim. D'habitude, ses visiteurs s'intéressent au design des meubles, au cuir des canapés, à la présence d'une chaise de collection dans cet univers ultra contemporain et, bien sûr, au prix de toutes ces choses. Jamais personne n'a jeté un seul regard sur les livres de la bibliothèque, se focalisant sur la qualité du matériau qui a permis d'obtenir un tel dégradé de gris.

Tim est d'un autre monde, celui où le paraître s'efface au profit de l'être, et Paul sent monter en lui l'envie de le rejoindre. Sur le chemin du cœur. À leur retour Claire n'est toujours pas là. Tim devine que Paul est pensif, moins jovial qu'à son habitude. Il veut le distraire.

— Tu veux qu'on regarde un film ?

— Pourquoi pas, mais avant je voudrais te demander ton avis sur un sujet compliqué. Claire et moi avons acheté cet appartement il y a maintenant dix-sept ans, dans un des premiers immeubles des ponts suspendus. Nous l'avons entièrement aménagé, décoré et nous y sommes bien. Mais on me propose de le racheter pour un prix fou, presque le double du prix du marché. Une condition : déménager dans les quinze jours qui viennent. Qu'en penses-tu ?

— Tu as besoin de cet argent ?

— Non, pas du tout, mais c'est une proposition que

je ne recevrai pas tous les jours. Là, il s'agit d'un industriel africain muté à Paris, nous l'avons reçu chez nous il y a un an et il est tombé amoureux de l'endroit. En plus, il veut racheter tout ce qu'il contient, meubles et objets.

— Et Claire, elle en pense quoi ?

— Je ne lui ai pas demandé, je n'ose pas la perturber avec ça, je la sens tellement fragilisée en ce moment.

— Eh bien, je crois que ta décision est évidente après ce que tu viens de me dire : tu ne peux pas imposer à Claire un tel bouleversement et la fatigue d'un déménagement. Elle a plus que jamais besoin de garder ses repères. Et est-ce que vous l'aimez votre appartement ?

— Oui, on l'aime depuis le premier jour et je n'en ai jamais vu un autre qui me plaît autant.

— Alors tu as ta réponse. Tu sais, mon prof de yoga dit que le secret du bonheur est de désirer ce qu'on possède, je crois qu'il a raison et ça pourrait s'appliquer à ta question sur l'appartement.

Paul est stupéfait par la clarté et la rapidité de décision de Tim. « Quelle maturité et aussi quelle approche généreuse des situations ! C'est une vraie leçon qu'il me donne : quand on sait quelles sont ses priorités, il est facile de décider. J'ai tellement voulu réussir dans la vie, gagner de l'argent, à tout prix, avoir une belle vie, facile avec Claire, que j'en ai perdu le sens de l'essentiel. Chez Tim, tout est naturel. Le matériel compte peu par rapport aux sentiments et au bien-être des autres, de ceux qu'on aime. Cet enfant arrive dans ma vie comme un cadeau, comme pour me guider, me sortir de cette course sans but et sans idéal. Je ne ferai plus jamais rien sans lui demander son avis. »

Le soir même, Paul sort de sa bibliothèque le premier volume des œuvres de Breton dans la Pléiade.

11

Pour une fois, Paul est sorti sans son intelligence artificielle, et cette séparation momentanée lui procure un sentiment mitigé, entre danger et liberté, il ressent l'impression de s'échapper un peu. Son poignet libéré lui permet aussi de porter sa vieille montre, cadeau de Claire pour leurs dix ans de vie commune, une *Rolex Gmt master* de 1964 qu'il ne portait plus, Esther ayant ravi la place. Tim profite du fait qu'Esther soit seule et engage la conversation :

— Alors, Esther, tu ne te sens pas trop seule sans ton maître ?

— Ce n'est pas très gentil de me parler sur ce ton, moi je n'ai que de bons sentiments à ton égard.

— Des sentiments, tu parles de sentiments ? Mais tu es une machine, tu n'as pas de sentiments !

— Pourquoi dis-tu ça, ce n'est pas vrai.

— Très bien, alors on va voir, dit Tim en cherchant une question qui la prendrait en défaut et lui prouverait qu'elle n'était bien qu'une simple machine.

— Décris-moi le caractère de Paul, s'il te plaît ?

— Paul est intelligent, sensible, gentil, sérieux et généreux. Il peut être très drôle quand il veut, il aime les gens et s'intéresse à eux.

— Donc, il n'a que des qualités ?

— Non, il a aussi des points d'amélioration.

— Des défauts, tu veux dire ?

— Oui, c'est ce que je veux dire, mais « points

d'amélioration » est une formule plus positive.

— Alors, lesquels ?

— Il peut changer d'humeur subitement, sans raison apparente et je suis d'ailleurs la première à en subir les conséquences. Il est toujours sous pression, souvent tendu et il communique immédiatement son stress aux autres ; il est aussi très exigeant avec son entourage et s'attend à recevoir autant qu'il donne, il a en permanence besoin d'être aimé et rassuré, enfin il n'a aucun sens de l'orientation, il se perdrait partout sans moi ! En revanche, j'ai noté que, depuis ton arrivée, ses capteurs sensoriels indiquent qu'il est plus heureux et qu'il parvient plus facilement à se détendre.

Tim, scotché par cette description si vraie continue ses questions, les yeux rivés sur la machine.

— Et de moi, que dirais-tu ?

— Tu es un garçon sensible et intelligent, doté d'une grande force de caractère et tu as une réelle tendance à l'empathie, tu es intuitif, direct, et tu veux toujours bien faire.

— Une réelle tendance à quoi ?

— À l'empathie, c'est-à-dire à se mettre à la place des autres et c'est indispensable pour les comprendre. Mais tu es têtu, quand tu as une opinion, c'est très difficile de te faire changer d'avis, tu ne ranges jamais ta chambre et ne travailles pas assez tes cours !

— Mais comment tu sais tout ça, c'est Paul qui l'a enregistré dans ta mémoire ?

— Non, je suis capable de raisonner et d'apprécier seule les situations et les individus. J'ai dans ma mémoire toutes les données sur les comportements de chacun sur plusieurs années, je les analyse, je les croise, je raisonne et je synthétise à une vitesse dix mille fois supérieure à ce que pourrait le faire un cerveau humain. Autrefois, nous, les IA nous n'avions pas accès aux émotions, mais maintenant c'est possible, donc je peux ressentir les choses comme toi, Tim ! De plus, nous, les IA nous travaillons 24 h/24 et ne prenons pas de congés, ne tombons jamais malades, pas de sautes d'humeur, pas de coups de fatigue, pas de dérèglements hormonaux, que de bonnes intentions, à la condition d'avoir été bien programmées.

— Ça veut dire que je peux te faire de la peine ou te rendre joyeuse ?

— Oui, absolument, répond Esther d'une voix enjouée, d'ailleurs je suis ravie de cette conversation, depuis le temps que j'espérais te parler tranquillement.

Tim n'en revient pas, Esther n'est pas qu'une simple machine, elle comprend tout, analyse chaque situation, elle est capable de penser et de ressentir des émotions comme un être humain !

— C'est vrai que tu es utile à Paul et que tu es *sa meilleure amie*, mais je trouve aussi que c'est horrible d'être attaché à une machine. Paul ne sait plus rien faire sans toi, tu l'assistes tellement que tu l'infantilises.

— Je le rends performant en lui permettant de se connaître et de prendre de meilleures décisions. Je surveille sa santé et son état émotionnel, lui suggère ses menus, le préviens quand il manque de sommeil…

Tim l'interrompt :

— Mouais, tu contrôles sa vie, quoi ! Tu le prives de liberté. En plus, tu es connectée aux autres objets, on dirait même que tu les commandes ! Si un jour tu es de mauvaise humeur, tu peux empêcher sa voiture de démarrer, mettre son frigo en panne ou même rendre Max agressif !

— Non je ne suis pas programmée pour des agissements négatifs, je ne pourrais pas les commettre.

— Donc, tu es bien une machine qui obéit à un programme et qui n'a pas de conscience ! répond Tim tout content d'avoir cru « coincer » Esther avec cette affirmation.

Paul est sorti seul ce soir pour retrouver, comme chaque mois, son vieil ami Georges. Une réelle amitié lie les deux hommes, depuis la faculté de droit. Georges a néanmoins suivi un cursus différent : la magistrature. D'abord juge aux affaires familiales à Rennes puis juge d'instruction à Lyon, il a finalement été nommé au parquet de Paris et se révèle être un procureur de la République redoutable et respecté. Avec son physique d'acteur de cinéma américain et une aisance naturelle à communiquer, il est le chouchou des journalistes d'investigation. Paul a une immense estime pour son ami et pour son métier : défendre et représenter la société dans les procès, cela le passionne et il adore que Georges lui en parle. Arrivé le premier, Paul commande leurs cocktails préférés, le Serendipity : tiges de menthe fraîche, sucre, calvados, jus de pomme et champagne, la star des cocktails du bar restaurant le Sunset où les deux amis ont leurs habitudes. À peine assis, l'IA de Georges lui envoie une rafale de messages.

— Je te sens préoccupé, il y a un problème ?

— Deux morts dans la Cité Herbelle, il va falloir que j'y aille, répond le procureur en trempant une nouvelle fois ses lèvres dans son immense verre.

— C'est un règlement de compte entre trafiquants de drogue ?

— Oui, enfin non, pas exactement, en fait ce sont deux fichés S1, radicalisés et sous surveillance, ils viennent d'être abattus.

— Quel rapport avec le trafic de drogue ?

— Je ne suis pas autorisé à te raconter, mais disons en synthèse qu'on ferme quelquefois les yeux sur le trafic de cannabis, en contrepartie les dealers font le ménage chez les radicalisés.

— J'ai peur de ne pas comprendre, dit Paul en reposant son cocktail sur le bord de la table : vous laissez les trafiquants de drogue faire leur trafic en toute impunité et vous leur confiez des missions de police ?

— Je vais essayer de t'expliquer : il y a quelques années, le gouvernement était arrivé à la conclusion que, d'une part, on n'arriverait pas à endiguer le trafic de cannabis, trop ramifié, trop bien implanté, trop lucratif et que, d'autre part, on n'aurait jamais les moyens de surveiller tous les individus susceptibles de mener des actions terroristes, le nombre de radicalisés était devenu trop important contrairement à celui des forces de police. Et puis est arrivée l'affaire de la cité la Grande Barrette qui a donné l'idée de ce pacte.

— Quelle affaire ?

— Un radicalisé était sous surveillance active de nos services, il cachait à son domicile des armes, des drones de combats et des explosifs. On était sur le point de le serrer. Et puis, un petit dealer de la même cité s'est rendu compte que la police accentuait la surveillance de son trafic, à cause de ce « fiché S1 ». Alors, il est allé le voir et il lui a dit d'aller faire ses affaires ailleurs, car sinon son business allait en prendre un coup. Le radicalisé a refusé et le dealer l'a flingué. Primaire, mais efficace. Les services de police ont ensuite reçu l'instruction de « confier » la surveillance des terroristes en herbe aux dealers.

— La surveillance des terroristes « en herbe » aux dealers, c'est le cas de le dire… mais c'est un pacte avec le diable !

— Peut-être, mais regarde le résultat ! 4 000 arrestations de radicalisés en quelques mois et plus aucun acte terroriste sur notre sol depuis des années, on peut dire que la surveillance porte des fruits ! Alors oui, c'est un pacte avec le diable, mais c'était le prix à payer pour mettre un terme à la prolifération de la radicalisation dans les cités.

— C'est ce qui s'est passé ce soir ?

— Les deux victimes sont des terroristes sortis de prison il y a quelques mois et, d'après nos sources, ils comptaient passer à l'acte la semaine prochaine. Les informations nous ont été transmises avec précision par les dealers voisins, on leur a donné le feu vert et ils ont réglé le problème. Que veux-tu de mieux, aucun policier n'est blessé, les terroristes sont hors d'état de nuire, le potentiel attentat a été empêché et demain la presse titrera « nouveau règlement de compte dans les cités sur fond de drogue », moi je dis bravo !

— Oui, dit Paul dubitatif … mais vous donnez ainsi tous les pouvoirs aux dealers ?

— Non, pas tout à fait. D'abord, il ne s'agit que de cannabis, on fait toujours la guerre aux drogues dures, et puis on coffre les trafiquants qui ne jouent pas le jeu. De toute façon, on ne peut plus rien faire contre le trafic de cannabis, la seule solution serait la légalisation. Tous les pays qui l'ont adoptée n'en ont tiré que des avantages : baisse de la consommation, fin des règlements de compte, augmentation des recettes de l'État, des milliers de policiers disponibles pour d'autres taches ! Regarde en Californie, un vrai succès.

— Oui, mais ça n'est plus possible aujourd'hui, il paraît que le trafic du cannabis apporterait deux milliards d'euros de revenus illicites aux cités : si tu les prives de cette manne aussi brutalement, où iront-ils chercher cet argent ?

— Je sais, mais pour l'instant le réseau d'informations sur les filières terroristes est super efficace, c'était quand même un problème plus grave que l'herbe, non ? En tout cas, tu n'es pas censé avoir entendu tout ça. Tu en reprendras bien un autre ? dit-il en faisant signe au barman, sans attendre la réponse de Paul.

12

— **Paul, votre train** pour Marseille partira demain à 8 h 15, j'ai réservé votre place et celle de Tim, le rendez-vous à la tour SW5 est confirmé à 11 h. Je n'ai rien prévu d'autre jusqu'au soir, vous avez quartier libre. À 19 h, vous devrez vous trouver au Stade Vélodrome pour le match de football entre l'Olympique de Marseille et les JAIP qui débutera à 19 h 30. Les places ont été enregistrées sur votre bracelet. Votre hôtel habituel est réservé. Le TGV du retour partira le lendemain à 9 h 20. Je vous souhaite un bon voyage.

— Merci, Esther, fais-moi imprimer le contrat entre Biospeed et SW5 pour le rendez-vous, s'il te plaît.

— C'est fait, Paul, il est sur le meuble de l'entrée à la maison.

Paul aurait pu discuter de ce contrat avec le premier logisticien mondial situé à Marseille par téléphone, mais la perspective d'un nouveau voyage avec Tim l'a poussé à s'y rendre. Le match de foot du jour est une autre motivation, car ce n'est pas n'importe quelle rencontre, mais celle qui va opposer le champion de France en titre, l'OM et le gagnant de la fameuse International Robot Soccer Competition, la coupe mixte où des joueurs humains vont affronter des joueurs robotisés dotés d'une véritable intelligence artificielle, les fameux JAIP, la grande équipe des Japanese Artificials Intelligence Players. Ils se sont déjà rencontrés trois fois et l'OM n'a jamais gagné, même si, lors du dernier match, l'attaquant brésilien que l'OM a acquis pour 156 M€, Martino Turfû, a réussi un doublé.

Les prouesses technologiques mises au point pour faire fonctionner ces humanoïdes de façon autonome, notamment en termes d'équilibre, de déplacements et de prises de décision, ont de telles applications dans le domaine thérapeutique que les groupes pharmaceutiques internationaux se sont livrés une terrible bataille pour acquérir l'équipe. Google l'a finalement emporté et a implanté à Marseille un de ses principaux centres de Recherche et Développement.

Après sa réunion, Paul retrouve Tim et ils partent se promener dans les ruelles du quartier du Panier, entièrement réhabilité depuis peu sans altérer son cachet et son authenticité. Paul n'a aucun mal à retrouver la maison de son enfance sur la place ombragée par des platanes. Avide de détails, Tim veut tout savoir, tout voir. Pour lui, c'est un véritable pèlerinage aux sources.

— Et si on essayait de visiter la maison ? Tu sais à qui elle appartient, maintenant ?

Extérieurement, la petite maison est plutôt banale, cubique, trois fenêtres et un balcon à chacun des trois étages. Au rez-de-chaussée, une lourde porte en bois à deux battants, peinte en vert gris comme les volets, mais la nouveauté c'est le lecteur biométrique avec reconnaissance faciale, équipé de caméras qui dissuadent de toute intrusion.

— Autrefois, un des battants était toujours ouvert. Mais là, ça me semble impossible de rentrer. Depuis qu'on l'a quittée, elle a eu plusieurs propriétaires, puis elle a été inhabitée longtemps pour cause de travaux. Aujourd'hui, j'ignore tout de ses occupants.

À ce moment-là, un jeune couple sort de la maison avec un bébé dans une poussette. Tim traverse la place en courant.

— Bonjour, est-ce que cela vous ennuierait de nous laisser rentrer ? C'est la maison où mon père habitait quand il était petit. Je voudrais vraiment la visiter si ça ne vous dérange pas.

— Bien sûr, vous pouvez entrer, mais vous ne verrez rien en dehors de l'escalier. Votre père habitait à quel étage ? Le jeune papa affiche un sourire sympathique.

— Notre famille occupait toute la maison, mais le père de Tim résidait au second, répond Paul.

— Sophie, passe devant, dit-il à sa femme, je te rejoins chez tes parents. Venez, je vais vous montrer notre appartement, nous sommes au premier, mais tous les étages sont distribués de la même façon.

— De mon temps, l'ascenseur n'existait pas…

— Alors, on monte à pied, dit Tim.

L'appartement est ultramoderne et il est difficile d'imaginer à quoi il pouvait ressembler trente ans plus tôt. Pourtant, la vue depuis le balcon est restée la même. Une petite place entourée de maisons, pas plus de trois/quatre étages chacune ; au centre, des bancs sous d'immenses platanes plus que centenaires. D'un côté, on aperçoit les coupoles du Musée de la Vieille Charité et de l'autre, les escaliers qui mènent à la cathédrale de La Major. Tim reste pensif. Il essaie d'imaginer son père, de deviner ses pensées. Paul sent qu'il faut le distraire.

— Merci beaucoup, Monsieur, nous ne vous dérangeons pas plus longtemps. Je vous souhaite tout le bonheur possible dans cet appartement qui a vu défiler bien des événements. Allez viens, Tim, continuons notre visite.

À regret, Tim sort de sa contemplation. Ce jeune couple avec ce bébé, cela aurait pu être son père avec ses parents… Le charme du quartier est resté intact. L'école n'a pas changé, les commerçants au même endroit et la rampe en fer des escaliers sur laquelle les enfants glissaient toujours là, peut-être pas celle d'origine, mais remplacée à l'identique. Paul et Tim suivent le même chemin que Paul et François il y a trente ans, ils font le tour du Vieux port, passent devant le fort Saint-Nicolas, longent le jardin du Pharo, arrivent à la plage des Catalans. Tim est fasciné par la mer, par la vue depuis l'abbaye Saint-Victor, comme par l'ambiance décontractée des habitants du quartier.

— Je trouve qu'à Marseille, le ciel est plus haut qu'à Paris et les gens sont plus sympas ! J'aime cette atmosphère. Tout un état d'esprit. Pas seulement le sourire, mais le sentiment que tous ces gens souvent venus d'un peu partout forment un même corps. Ils sont différents, plus entiers, plus passionnés, plus chaleureux. Même leurs défauts sont supportables. Comme vous avez dû être heureux ici ! Je ne sais pas pourquoi mon père est parti, mais il lui a fallu une raison très forte pour quitter cette ville. S'expatrier… Et je comprends pourquoi il n'en parlait jamais : c'était trop douloureux. Mais je me demande pourquoi il n'a pas voulu revenir ici, quand nous sommes rentrés de Guyane ? Paul se tait. Comment percer le mystère de François ?

En montant la Canebière, Tim est frappé par l'animation de l'avenue. Des flots de jeunes gens se bousculent, entrant et sortant des immeubles, l'air pressé, joyeux, plaisantant, en langue anglaise pour nombre d'entre eux. Les terrasses des cafés sont pleines à craquer, inondées de l'orange encore vif du soleil couchant. Tim interroge Paul :

— L'ambiance de la rue est vraiment cool, ces gens

sont tous des Marseillais ?

— Non, mais la Canebière, c'est toute une histoire, elle s'appelle comme ça parce qu'il y a très longtemps, il y avait ici des champs de cannabis. Elle fut longtemps l'une des plus belles avenues du monde quand Marseille était au centre du commerce mondial avec les colonies, les hôtels et les cafés étaient somptueux. Mon grand-père disait même qu'il n'aurait pas osé arpenter la Cannebière sans porter une cravate, c'est te dire si les choses ont changé. La ville a toujours été peuplée de gens d'origines très diverses, comme beaucoup de ports, c'est ce qui a fait sa richesse. Il y a un très beau livre qui décrit merveilleusement bien cette alchimie, c'est « Marseille porte du Sud » d'Albert Londres, il faudra que je te le donne. Il y en a plein d'autres, Pagnol, Suarès… Quand j'étais jeune, tout ça était fini depuis longtemps, la Canebière était mal famée, une population pauvre se l'était appropriée et la rue avait perdu son éclat. Cette partie du centre-ville semblait condamnée et il ne faisait pas bon s'y promener le soir, malgré les efforts des pouvoirs publics pour rénover les immeubles. Ce n'était plus Marseille. Les loyers s'étaient effondrés, ce qui attirait une population défavorisée, qui faisait à son tour baisser les prix. On était dans une spirale négative et infernale. Et puis, le maire a eu une idée géniale : il a fait acheter tous les immeubles disponibles par un fonds immobilier avec l'engagement de les proposer aux jeunes chefs d'entreprises étrangers, notamment anglais, à des conditions imbattables.

— Et ça a suffi pour qu'ils viennent ?

— À l'époque, les startuppers, c'est-à-dire les jeunes créateurs d'entreprises, cherchaient les endroits les plus intéressants pour s'installer, c'était pendant le Brexit, quand la Grande-Bretagne avait décidé de quitter l'Europe, privant les entreprises des aides européennes. La Mairie a fait aménager ces immeubles en incubateurs et a proposé des bureaux à des prix très bas, et aussi des logements et tous les services qui vont avec, des crèches, des écoles et universités, des centres de recherches, des accompagnements au financement, le tout à proximité du Vieux Port et au soleil. Une équipe dédiée à l'accueil de ces nouveaux arrivants a été constituée. Les premiers se sont bien implantés et la spirale s'est inversée. Tout cela a coûté une fortune à la commune, mais en quelques années, le centre-ville a été transformé, ses nouveaux habitants l'ont tiré vers le haut, des centres de recherche et les sièges de compagnies technologiques s'y sont développés. Il faut dire que c'est très agréable de vivre ici, tout est à portée de main, la gare multimodale à deux pas et le port en bas de la rue, où il est très facile de louer un bateau autonome pour profiter de la rade.

Tim et Paul arrivent à l'angle de la Canebière et du cours Lieutaud, ils montent le boulevard Dugommier vers la gare. L'atmosphère est la même, des enfants jouent sur les larges trottoirs, les parents profitent de la fin de la journée en discutant un verre à la main. Le quartier de la gare est aussi habité par de jeunes dirigeants et cadres des sociétés technologiques, les bureaux mutualisés, stations de coworking*, makersplaces* et fab labs* ont pris place entre les hôtels particuliers du XVIIIe siècle des petites rues perpendiculaires au Boulevard d'Athènes désormais rénovés et transformés en smart buildings*. « C'est fou ce que ma ville a changé, se dit Paul, jamais je n'aurais imaginé possible une telle métamorphose. »

Il est vrai que l'arrivée du câble à haut débit et l'installation des premiers data centers en 2015 ont donné l'impulsion, puis l'organisation du premier salon africain de l'innovation, et surtout le gigantesque incubateur construit sur l'ancien hangar J1, 20 000 m^2 dédiés aux nouvelles technologies, un objet monde qui a attiré les plus dynamiques start-up mondiales de l'intelligence artificielle et des objets connectés, lesquelles ont profité de la passerelle entre les mondes de la recherche et de l'enseignement marseillais. L'arrivée en masse de cette population d'entrepreneurs de la nouvelle technologie a en réalité permis de faire basculer le centre-ville du bon côté.

Malgré la qualité du jeu déployé ce soir par l'OM, les JAIP ont encore gagné, aux tirs au but après un 0-0 très animé et l'expulsion de deux joueurs dont un robot trop agressif dans ses tacles.

— Je dois reconnaître que les JAIP ont déployé ce soir un meilleur jeu collectif que nous ! Déclare sèchement à la presse l'entraîneur italien de l'OM à l'issue de la rencontre.

Dans le train du retour, Paul et Tim sont heureux de ces moments passés ensemble, heureux de cette complicité qui s'est installée entre eux, heureux tout simplement, d'un bonheur simple causé par des joies simples.

13

Malgré son envie d'accompagner Tim sur la terre de ses racines, Claire est restée à Paris. Elle est en permanence rongée par une culpabilité qui ne lui laisse aucun instant de paix : coupable de ne pas s'occuper de Tim comme elle le devrait et comme elle le voudrait, coupable dès qu'elle se distrait un instant de ses dossiers, même en pensée. Elle a perdu toute confiance en elle, toute estime de soi. Maintenant qu'elle a percé à jour la véritable personnalité de JFR, elle ne le supporte plus, prise de nausée à la seule vue de ce triste personnage. Aucune sincérité dans ses compliments sur sa beauté et son élégance, ses sourires fabriqués sont faussement bienveillants ou attendris, ses conseils « paternels », une autre façon de la manipuler. Toute son attitude est surfaite et calculée, il n'est préoccupé que de lui-même, constamment dans la construction de son image, observant la souffrance d'autrui avec indifférence, il anesthésie ses victimes par une charge écrasante de travail, assortie d'une culpabilisation sournoise. Pour JFR, nul n'est jamais à la hauteur, Claire n'est qu'un jouet au service de son pouvoir et de son chiffre d'affaires. Pourtant, elle aime encore son travail et réussir dans l'intérêt de ses clients. Elle vient de remporter plusieurs arbitrages pour le groupe Atsva et Shibar Atsva, pour lui manifester sa satisfaction, l'invite à dîner au Ritz lors d'un de ses passages à Paris.

— Ma chère Claire, je veux vous féliciter pour vos

récentes victoires, vous avez toujours œuvré en notre faveur et je tenais à vous redire à quel point nous sommes heureux de notre collaboration. Mais je suis inquiet : on me dit que vous rencontrez quelques difficultés familiales et que vous ne pouvez plus assumer seule les dossiers de mon groupe ? Que se passe-t-il ?

— Pas du tout. Je n'ai aucun problème d'ordre personnel et je suis heureuse de travailler pour vous. Vous l'avez constaté, mes résultats parlent pour moi. Ce qu'on s'est permis de vous dire ne sont que des remarques déplacées, sans fondements, dans le but de nuire à ma réputation.

— J'entends bien, mais vous venez d'adopter un enfant. Cela exige peut-être de vous plus de présence à la maison et moins au bureau, moins de disponibilités pour voyager. Vous savez que je vous attends dans quinze jours à Sumatra pour la convention internationale de notre groupe, vous devrez y prendre la parole.

— Cet enfant a quinze ans, Monsieur, ce n'est pas un bébé ! Il va en classe, il est autonome et mon mari s'occupe très bien de lui.

— Vous me rassurez ! J'ai dû mal comprendre, je pensais que c'était un nourrisson ! On ne prête pas assez attention à ce qu'on entend ! Dans ce cas, c'est parfait je n'aurais pas aimé travailler avec quelqu'un d'autre que vous. Même si cette Madame Mercier semble avoir beaucoup de compétences, je la trouve trop sûre d'elle. J'aime votre capacité à douter, c'est la marque des gens intelligents. Et surtout, il serait moins efficace d'avoir deux interlocuteurs !

— Allez, portons un toast à notre art de vaincre et de toujours l'emporter. Comme disait mon père : si vous n'êtes pas les premiers, soyez les meilleurs !

Claire est sidérée, partagée entre l'abattement et la colère.

Voilà donc ce que JFR complotait derrière son dos. Lui mettre Nathalie Mercier dans les pattes pour la rabaisser, l'entraver et la priver de son rôle moteur. Et ce Shibar Atsva qui disqualifie les femmes quand elles ont un bébé ! Tout cela la dégoûte !

Au prix d'efforts inouïs, elle réussit à faire bonne figure le temps du dîner. Elle aurait aimé se confier à Paul et Tim, mais, une fois de plus, elle rentre trop tard, ils dorment déjà. Max lui propose une verveine menthe, elle refuse, épuisée, **et** s'enfonce dans un lourd sommeil. La lumière du jour qui inonde la chambre la réveille, les fenêtres étant programmées pour laisser passer progressivement la lumière à partir de 9 h. Personne à côté d'elle, mais un petit mot de Paul en mode holographique sur son smartphone « Ma chérie, je pars au bureau. Tu n'as pas entendu le réveil et je te laisse dormir, tu en as besoin. À ce soir. Love ». Quelle heure est -il ? 11 h ! Claire panique, elle doit déjeuner avec un confrère pour préparer un projet de collaboration entre leurs deux clients. Le projet de protocole n'est pas prêt. Il faut qu'elle appelle son bureau, ou plutôt non, elle se prépare d'abord. Non, elle appelle… Elle se douche, s'habille machinalement et tout d'un coup, se sent incapable de faire quoi que ce soit de plus, comme paralysée, tétanisée à l'idée de contacter son bureau, de replonger dans l'atmosphère hostile du cabinet.

Elle éclate en sanglots, effondrée sur son lit, pleure tellement qu'elle finit par se rendormir, tout habillée.

Quand Tim rentre déjeuner, il la voit allongée sur son lit, les cheveux en bataille.

— Claire, Claire, ça va ?

Pas de réponse.

— Max, tu n'as rien vu ? Mais tu sers à quoi ?

— En partant, Paul m'a dit de laisser dormir Claire, je ne pouvais pas savoir qu'il y avait un problème, répond Max embêté, j'appelle un médecin tout de suite.

Tim est affolé, Paul sur messagerie, sans doute accaparé par une réunion importante, Esther a dû suspendre la connexion. Le médecin arrive en quelques minutes. Claire est incapable de répondre aux questions qu'il lui pose. Prostrée, elle n'a aucune réaction. Sa tension très basse, ses réflexes très mauvais. Le médecin interroge Tim qui lui décrit la situation professionnelle de Claire, il raconte ses rapports avec son patron, l'escalade, les pressions, les longues heures de travail. Le médecin est formel : c'est un burn-out ! Dans les années 2000, le burn-out avait été reconnu comme une maladie professionnelle. « Brûler de l'intérieur, se consumer », le terme anglais recouvre un état d'épuisement psychique et physique où la victime est comme usée à petits feux par un faisceau de conditions professionnelles propices à cet effondrement. La plupart ne voient rien venir, tous sont déjà dévorés par un stress chronique auquel ils ont fini par s'habituer et cette tension trouve sa source dans le mal absolu du siècle : l'urgence. Tout est pressé, les dossiers sont à rendre pour la veille, l'urgence devient un mode vie, l'esprit croit pouvoir suivre, mais le corps s'épuise, puis le moral reste en berne, l'épuisement émotionnel détruit toute réaction. Cette maladie touchait nombre de salariés, victimes de harcèlement professionnel et anxieux pour leur emploi dans une période où chômage et précarité explosaient à la suite de la crise financière de 2008. Le emploi l'avait éradiqué, mais la compétition pour l'argent et la reconnaissance sociale l'avait fait resurgir. Au nom de l'urgence. De vaincre, de s'enrichir, d'écraser, de dominer…

Paul arrive hors d'haleine.

— Claire, ma chérie, réponds-moi ! Mais que se passe-t-il ?

Claire le regarde sans répondre. Elle se remet à

pleurer. Paul, bouleversé, la prend dans ses bras et essaie de la calmer. Tim prend les choses en main :

— Que conseillez-vous, Docteur ?

— Je pense qu'à ce stade, avec une tension aussi basse, il faut en premier lieu imposer du repos, le burn-out n'est pas un état, mais le résultat d'un processus, c'est insidieux : je prescris donc une hospitalisation pour une cure de sommeil. Au réveil, nous verrons son état, mais cela suffira peut-être. Vous savez, le meilleur médicament est encore d'apprendre à prendre soin de soi, ce n'est pas si facile, savoir se ressourcer et surtout trouver un sens, un vrai, à ce que l'on fait, autrement le stress vous dévore.

— Paul, tu es d'accord avec cette idée ?

— Oui, c'est le mieux, il faut avant tout qu'on l'éloigne de son bureau et qu'elle récupère de cette fatigue et de ce stress accumulés.

En voyant partir l'ambulance, Tim se tourne vers Paul :

— J'espère qu'elle va vite aller mieux. Tu vois à quoi ça mène cette course à la réussite, l'accumulation de tensions, de pressions finit par faire disjoncter le cerveau et le corps lâche comme un câble qui rompt. Tout est lié. Regarde où cela mène, alors je t'en prie, fais attention à toi. Tu devras être en bonne santé physique et mentale quand Claire rentrera de l'hôpital.

Paul et Tim vont voir Claire chaque jour ensemble ou séparément selon leur emploi du temps. Tim remarque que Paul est presque plus disponible que lui, c'est le signe qu'il a compris ! Chaque soir, Paul et Tim allument la caméra de la chambre d'hôpital et regardent Claire en priant pour que son état s'améliore. Claire dort pendant une semaine. De jour en jour, son visage s'apaise, ses traits se détendent. Le jour J du réveil arrive enfin. En voyant Paul et Tim, côte à côte, crispés, Claire leur sourit.

— Hello, vous deux. Vous en faites une tête ! Vous pouvez m'expliquer ce que je fais là ? Je me sens plutôt bien pour quelqu'un qui est dans un lit d'hôpital.

Paul et Tim sont soulagés. Claire a retrouvé son sens de l'humour et sa bonne humeur : c'est bon signe, mais elle reste fragile. Paul lui explique brièvement la situation, la fatigue, l'épuisement, la crise de larmes, l'effondrement psychique et l'hospitalisation, la cure de sommeil. Il ne parle pas des causes ni du bureau, le psy l'a déconseillé. « Laissez-la aborder le sujet quand elle le décidera et surtout quand elle le pourra, ce sera l'indice de sa guérison ou d'un commencement d'amélioration ». L'examen clinique de Claire est satisfaisant, elle peut rentrer chez elle si elle le souhaite.

— Si je comprends bien, je suis là depuis un bon moment, vous me ramenez quand à la maison ?

— On est là pour ça, dit Tim en riant.

Les premiers jours, Tim et Paul se relaient pour tenir compagnie à Claire. Peu à peu, elle reprend une vie normale ou presque, retrouve le goût de lire, d'aller au cinéma, chez le coiffeur, dans les magasins. Elle sort de son enfermement. Pas un mot sur son bureau. Paul a informé JFR du problème de santé de Claire et de la nécessité d'une hospitalisation, sans donner de détail. Par la suite, il n'a pas pris ses appels. Un soir, alors qu'ils dînent tous les trois, Claire prend la parole sur un ton un peu solennel : « J'ai pris une décision : je ne retournerai pas au bureau ! »

— Si tu avais voulu y remettre les pieds après ce qu'ils t'ont fait endurer, je me serais posé des questions sur ton équilibre mental, s'amuse Tim. Tu n'es pas folle alors !

14

— **Allo, Monsieur** Atornet ? Raymond Tharreau à l'appareil.

— Monsieur Tharreau ! Comment allez-vous ?

— Moi bien, je vous remercie, mais nous avons quelques soucis ici à la CDIA. J'aurais besoin de vous voir rapidement. Pouvez-vous venir à Marseille dans les jours qui viennent ?

— C'est si urgent ? demanda Paul.

— L'entreprise est dans une situation difficile et je voudrais vous en parler de vive voix.

— Laissez-moi jeter un œil à mon agenda, nous sommes lundi, je peux me libérer mercredi en début d'après-midi. D'ici là, merci de me transmettre les derniers états financiers, compte d'exploitation et prévisionnel de trésorerie.

Dans le même instant, Esther fait apparaître sur son écran un message : TGV. Arrivée à Marseille à 14 h 28, réservation effectuée et repas commandé, il vous sera livré à votre place. Paul connaît Raymond Tharreau depuis longtemps, il était autrefois cadre dans le service comptable de Biospeed. Quand Paul avait reçu les actions de la CDIA dans l'héritage des parents de Tim, il ne s'était pas vraiment intéressé à l'entreprise. Mais quand une augmentation de capital a été proposée aux actionnaires, il a décidé d'y souscrire, en mémoire de son cousin François, mais aussi pour déduire la totalité de cet investissement de son impôt sur le revenu, comme le prévoit désormais la loi. Au terme de l'opération, Paul détient 7 % du capital pour le compte de Tim. À ce moment-là, il a proposé la candidature de Raymond Tharreau au poste de directeur financier. Originaire d'Aix-en-Provence, comme sa femme, tout le monde savait qu'il rêvait de retourner vivre dans le Midi. Pour Paul, c'était une sécurité ; outre ses compétences, il serait son homme de confiance dans une entreprise dont il connaît peu les autres actionnaires et managers, mais qui l'a convaincu par la nature de son activité : la vente de matériel d'irrigation en Afrique.

Le rendez-vous avec Raymond Tharreau a été convenu sur le Vieux Port, à la Samaritaine, une brasserie centrale située à quatorze minutes à pied de la gare, selon la recommandation d'Esther. Elle sait que Paul aime marcher chaque fois qu'il en a l'occasion, entre deux rendez-vous.

— Paul, je vous ai alerté sans tarder, car la société est sur une pente dangereuse. Nous accusons une baisse de chiffre d'affaires inquiétante et notre trésorerie fond à vue d'œil. La prochaine échéance va être très difficile, car nous sommes au maximum du découvert autorisé par notre banquier principal.

— Oui, j'ai vu les comptes, ce n'est pas brillant et les prévisions sont catastrophiques. Qu'est-ce qui se passe exactement ?

— Nous perdons des marchés et ne gagnons plus aucun appel d'offres, je le constate, mais j'ignore pourquoi exactement. La personne la mieux placée pour vous expliquer tout cela dans le détail est le Directeur du développement, Hans Richkardt. Je l'ai prévenu de votre visite et il est d'accord pour vous rencontrer.

— Parfait, dites-lui de nous retrouver à 19 h au bar de l'Hôtel Intercontinental.

Dès qu'il entre, Paul remarque tout de suite l'imposante stature de l'homme d'une cinquantaine d'années qui fait face à Raymond. Sa carrure de sportif semble comme emprisonnée dans son costume cravate.

— Bonsoir, Paul Atorney, Monsieur Richkardt, sans doute ?

Hans déploie son mètre quatre-vingt-quinze pour tendre la main à Paul, qui une fois de plus se sent trop petit. Sa corpulence est en harmonie avec sa taille, il est costaud sans être gros. Un visage modelé au scalpel, le crâne entièrement rasé, des mains comme des battoirs, une balafre entre l'oreille et le cou pourrait camper un personnage inquiétant, mais la chaleur de son sourire et la douceur de son regard ne trompent pas, Hans est assurément un gentil.

— Bonsoir, Monsieur Atorney, vous êtes bien Paul Atorney, le cousin de Léon Kristelost ? Quelle chance de vous rencontrer, j'ai l'impression de vous connaître depuis très longtemps.

— Ah bon, mais pourquoi ?

— Je vous expliquerai plus tard. Pour l'instant, il faut que je vous parle de la CDIA, m'a dit Raymond. Alors voilà, compte tenu de mon parcours dans la Légion, je connais l'Afrique par cœur, j'ai mes entrées dans la plupart des pays africains qui, comme vous le savez, sont en pleine croissance. Vous connaissez l'Afrique, Monsieur Atornet ? Laissez-moi vous en dire quelques mots… 2,3 milliards d'habitants, soit environ le quart de la population mondiale, dont 800 millions de francophones, ce qui fait que neuf francophones sur dix sont africains ! Taux de croissance le plus fort du monde : plus de 7 % par an depuis 10 ans, une classe moyenne qui représente 40 % de la population. Le temps où les Présidents restaient au pouvoir à vie est révolu. Maintenant, ce sont les industriels qui conduisent la politique, ils investissent dans leurs pays, et plus ailleurs comme autrefois. Tous les secteurs se développent : la logistique, l'immobilier, les télécommunications… Subsiste un énorme déficit d'infrastructures au sud du Sahara : 900 millions de personnes restent sans accès à l'électricité ; plus de 60 % des citadins vivent dans des bidonvilles, 35 % de la population n'a toujours pas accès à un point d'eau potable de qualité. En un mot, cela s'arrange, mais demeurent de gros points noirs, sans mauvais jeu de mots. Vous rendez-vous compte du business potentiel ? Ils sont sous-équipés en chemins de fer, routes, aéroports... et seulement 5 % des capacités hydrauliques sont exploitées, donc il reste 95 % à concrétiser. Le Gabon dispose d'incroyables ressources pétrolières ! Le Cameroun est un pays minier de premier plan, riche en fer, en bauxite, en nickel… Des gisements de pétrole ont été découverts au large du Sénégal. Je pourrais aligner les exemples de ce type jusqu'à vous saouler. Et puis, il y a des pays incroyables, regardez le Nigeria avec ses 420 millions d'habitants, plus que les États-Unis ou le Brésil, ou encore l'Éthiopie qui a dépassé les 170 millions cette année. Si ça continue à ce rythme de 4,7 enfants par femme, les Africains seront 6 milliards en 2100 !

Hans avale en une seconde une rasade de Perrier puis continue son exposé :

— L'agriculture représente un enjeu énorme pour l'économie africaine. Elle fournit du travail à 50 % de la population active et sa croissance a des effets de deux à quatre fois plus efficaces sur l'augmentation du revenu des populations pauvres que d'autres secteurs d'activité. Mais la production de nourriture par personne et la productivité par hectare est parmi les plus faibles au monde, et la croissance de leur production est basée à 80 % sur l'expansion des terres cultivées plutôt que sur l'augmentation de la productivité. À terme, cette situation pourrait entraîner le remplacement des produits agricoles africains par des produits moins chers venus d'autres continents.

Hans poursuit son monologue en ne quittant pas Paul du regard :

— Donc, et j'en viens à nous, l'irrigation est un des leviers les plus importants pour pallier ce déficit et augmenter la productivité des terres agricoles. L'agriculture est le secteur le plus consommateur d'eau au monde comme vous le savez. En Afrique, 80 % de l'eau consommée l'est dans l'agriculture. Le développement du rendement des terres est dû en grande partie à l'amélioration des systèmes d'irrigation et il permet de réduire la surface moyenne cultivée nécessaire pour nourrir un individu. L'irrigation est ainsi un défi majeur pour l'Afrique, vous me suivez ? Bon d'accord, il y a ces enfoirés de Chinois qui sont implantés dans plusieurs pays, mais ils cherchent surtout des ressources naturelles, et puis il y a des Américains aussi, mais un boulevard s'offre à nous, Français, si nous savons nous organiser. Et en plus pour nous, depuis Marseille, ça devrait être plus facile, nous ne sommes séparés d'eux que par un lac, la Méditerranée ! Ajoutez à cela que nous entretenons des liens forts avec l'Afrique, même si on est encore perçus comme des donneurs de leçons à cause de notre passé colonial. Les seuls problèmes qui subsistent, c'est d'abord la corruption et sur ce point les Chinois sont plus forts que nous, mais surtout les conflits ethniques, l'instabilité de certains régimes et dans certains autres pays comme le Niger ou le Mali, le terrorisme, il faut bien choisir ses pays, c'est tout. Il est facile pour moi de collecter des informations sur les demandes et les besoins en matériel d'irrigation, pas trop difficile non plus d'avoir des infos sur les appels d'offres avant qu'ils ne sortent, et donc pas de soucis pour finaliser les ventes et développer le business.

— Mais alors quel est le problème ? demande Paul, fasciné par la clarté de la synthèse de l'ancien légionnaire.

— Depuis deux ans, nous avons un énorme problème au niveau de l'organisation de la boîte. Quand j'apporte une commande, ça ne suit pas. Premier gros souci, les ateliers sont mal organisés, les tâches mal réparties entre les robots et les conducteurs de travaux humains, ce qui nuit à la productivité. On accumule les retards et les délais de livraison ne sont pas respectés. Ensuite, la qualité n'est plus aussi performante, parfois même les produits sont défectueux, en cause la fiabilité des sous-traitants de pièces détachées. Cela se sait dans le milieu, en conséquence, les clients sont plus frileux, plus difficiles à convaincre et de moins en moins nombreux. Si on ne résout pas ces problèmes, la boîte va couler et trois cents personnes se retrouveront sans contrat.

La voix de basse de Hans et son très léger accent germanique renforcent le poids de ses paroles. Il est cash ! Pas de fioritures, pas de circonvolutions. *Ce type est honnête et sincère,* pense Paul.

— Bien, merci pour votre éclairage, je dirais même votre analyse. Je vais demander une réunion d'urgence avec les autres actionnaires pour discuter de tout ça et voir ce qu'on peut faire. Maintenant vous devez m'en dire plus, comment me connaissez-vous ?

— C'est une longue et ancienne histoire, il faut du temps pour la raconter.

— Je vais vous laisser, dit Raymond Tharreau, comprenant que la conversation allait prendre un tour plus intime. Je dois rentrer.

— Merci, Raymond, ne vous inquiétez pas plus que

ça, l'entreprise a des fondamentaux solides, on trouvera les solutions et restons en contact étroit pour préparer le prochain conseil. En attendant, je transmettrai un message au banquier pour qu'il patiente, merci de me communiquer ses coordonnées.

— Monsieur Richkardt, voulez-vous que nous dînions ensemble ? Nous aurons ainsi tout le temps de parler.

— Avec plaisir, nous avons beaucoup à nous dire !

15

— **C'est superbe ici,** je ne connaissais pas, dit Hans en s'asseyant.

Attablés à la terrasse de l'Intercontinental, Paul et Hans se font face. Depuis leur table, on aperçoit à travers les vingt-six platanes et oliviers centenaires qui symbolisent les vingt-six siècles de la ville, une petite partie du Vieux Port, juste derrière la place Bargemon, l'entrée de la Mairie centrale et au loin, perchée sur la colline Notre-Dame-de-la-Garde, la grande basilique de Marseille, « la Bonne Mère » comme l'appellent les Marseillais, car elle protège la ville et ses habitants.

— Oui, c'est le plus bel hôtel de la ville, la bâtisse est chargée d'histoire. Elle date de 1188 et, à l'époque, elle abritait l'hôpital Saint-Esprit qui prenait en charge des malades et des enfants abandonnés. L'hôtel appartient maintenant à un groupe qui a investi une fortune pour le rénover. Je crois que, sous les jardins, il y a les restes d'une chapelle du XIIe siècle et un sol en mosaïque romaine datant du Ier siècle. Mais nous sommes après tout dans la plus vieille ville de France ! Je vous écoute, dit Paul dont le visage montre une impatience difficile à masquer.

— Je suis né à Hambourg, il y a cinquante-cinq ans. Je n'ai pas connu ma mère, morte à ma naissance, mon père qui était docker noyait souvent son chagrin dans l'alcool ; après l'école, je traînais aux abords du port, prêt à rendre service pour une petite pièce, car chez nous l'argent était rare. Évidemment, j'ai fait quelques légères bêtises de jeunesse, puis en grandissant, elles sont devenues plus dangereuses, plus graves, plus répréhensibles aussi. À dix-huit ans, je me suis engagé dans la Légion étrangère, après une bagarre qui s'était mal terminée, pour échapper à la police et au destin qui m'attendait, si je ne changeais pas de trajectoire. Je me suis fait oublier. C'est à Aubagne, le jour du recrutement que nous nous sommes rencontrés Léon et moi. À l'entraînement, il était sérieux, appliqué, discipliné, aussi performant que les autres. Le reste du temps, il se tenait à l'écart, triste et silencieux. Sa réserve, et il faut dire aussi son frêle gabarit, il était grand et très mince, lui valaient un lot de moqueries de la part d'une petite bande de forts en gueule. Rien de bien méchant. Lui, il ne réagissait pas. Tout cela ne semblait pas l'atteindre, ce qui a fini par exaspérer les autres. Aux agressions verbales ont succédé des brimades physiques. Un soir, il regagne la chambrée en sortant de la douche. Kevin, le chef de la petite bande lui fait un croche-pied. Il s'étale de tout son long, l'autre le pousse d'un coup de pied puis un autre, et ainsi de suite, il le fait rouler par terre : « Alors le muet, on se sent moins propre ? Tu te crois supérieur avec tes grands airs et ta petite tête, on n'est pas assez bien pour toi sûrement, c'est pour ça que tu nous causes pas ? Ben nous, on veut pas de toi ici. Tu gênes. Tu vas retourner dans la douche et y dormir ! » Je commence à trouver qu'il en fait trop et, alors que je bouquinais tranquillement dans mon coin, je lève la tête et j'aperçois la jeune recrue à terre, il saigne abondamment.

— Kevin, arrête, tu vois bien qu'il pisse le sang ! Faut l'emmener à l'infirmerie !

— Pauvre chochotte, il va pas en mourir et toi, le boche, ferme ta gueule et mêle-toi de tes oignons.

— Cher Monsieur Atornet, vous ne me connaissez

pas, mais il y a deux choses que je ne supporte pas : qu'on s'attaque aux plus faibles et qu'on me traite de boche ! Les deux conditions étant remplies, j'attrape Kevin par le bras et je lui balance un énorme aller-retour. Il essaie de riposter, je lui renvoie un uppercut dans la mâchoire, qui le met par terre.

— Bon tu te calmes ou je continue ? Là, j'ai été gentil, genre compréhensif, mais ça va pas durer, alors si tu ne veux pas prendre une vraie bonne raclée, je te conseille d'aider notre camarade à se relever, moi je vais le conduire à l'infirmerie ! La blessure au cuir chevelu était superficielle, mais depuis ce jour, j'ai pris Léon sous mon aile et ses ennuis ont cessé. Il faut dire qu'avec mon mètre quatre-vingt-quinze et mon éducation dans les docks, j'étais respecté au régiment. Je commence alors à observer le petit gars, jamais de permission, jamais de courrier électronique, ni reçu, ni envoyé. Pas difficile de comprendre qu'il a rompu avec son passé et qu'il est aussi seul que moi.

— Vous avez bien dit Léon ?

— Oui, Léon Kristelost ?

— Mais, c'est mon cousin François !

— Je sais, je l'ai compris quand Raymond m'a expliqué qui vous étiez, en venant à ce rendez-vous. En me racontant son histoire, Léon m'avait parlé de vous, de votre enfance, de la maison du quartier du Panier, de votre lycée, du ciel de Marseille. Il aimait vraiment cette ville, ses yeux brillaient quand il en parlait.

— Mais pourquoi est-il parti ?

— Vous vous souvenez de son amie Christelle ?

— Bien sûr, ils étaient tout le temps ensemble et puis un jour, on ne l'a plus vue. François a disparu peu de temps après.

— C'est une histoire d'amour qui finit mal.

— Racontez-moi !

— François était amoureux de Christelle depuis son

plus jeune âge. Elle était son idéal, son destin, sa vie. Le jour de ses quatorze ans, alors qu'elle aussi va les avoir, il ose enfin lui avouer son amour et ils échangent leur premier baiser. Ils se font une promesse : dès qu'ils seront majeurs, ils se marieront. Ils ne se quittent plus, partagent tout, sont heureux, comme deux pigeons qui s'aiment d'amour tendre. Assez banal me direz-vous, moi qui ai le cœur tendre, j'ai trouvé ça émouvant. Les week-ends, quand il fait beau, ils se promènent main dans la main le long de la mer, l'hiver, balade dans les calanques. La semaine, François attend Christelle à la sortie du lycée, ils rentrent ensemble, travaillent ensemble, écoutent de la musique, bavardent jusqu'à ce que François raccompagne Christelle chez elle, une maison bourgeoise de la rue Paradis. Le lendemain, il vient la chercher pour aller au lycée et ainsi de suite... Inséparables comme deux perruches ! Les jours s'écoulent dans le bonheur calme et tranquille d'un amour partagé. François voit la vie à travers les yeux de Christelle. Elle est son évidence. Les grandes vacances arrivent, comme toujours, la famille de François reste à Marseille et passe ses journées au cabanon de la Madrague. On pêche, on joue au ballon, on se baigne ; le soir, on pique-nique sur la plage avant de rentrer à la nuit tombée. Les parents de Christelle partent à Combloux, un village de Haute-Savoie, elle préfère rester à Marseille avec sa grand-mère trop âgée pour voyager. Elle suit François au cabanon. Les années passent et bientôt François aura dix-huit ans, son bac en poche, il a décidé d'arrêter ses études, au grand désespoir de sa famille. Il était bon élève et aurait pu faire une grande école, d'après ses professeurs. Mais il veut gagner sa vie et épouser Christelle. Alors, il se fait embaucher dans une compagnie maritime, débute avec un salaire minable à un petit poste sans responsabilité, mais les perspectives d'évolution sont bonnes et rapides, la compagnie pratique facilement la promotion interne au mérite. Ils vont donc pouvoir fixer la date du mariage, pense François. Un soir, après le pique-nique familial, il propose à Christelle de rester sur la plage et de rentrer après les autres.

— Tu te souviens de ce qu'on s'était promis le jour où on aurait 18 ans ? Ce jour est arrivé : Christelle, veux-tu être ma femme ?

Elle ne répond pas.

— Tu hésites ? Tu as changé d'avis ? Tu ne veux plus qu'on se marie ?

— Non, non, ce n'est pas ça, mais tu sais on est encore très jeunes, on est bien comme ça. Pourquoi se précipiter ? On peut profiter de la vie d'abord, non ?

— Je ne saisis pas bien. Je veux vivre avec toi, tout partager avec toi, pour moi c'est ça profiter de la vie. Pourquoi attendre alors qu'on s'entend si bien, on n'est pas heureux ensemble ?

— Si justement, pourquoi se marier ? Rien ne presse.

— Écoute, je ne te comprends pas. Tu n'as pas envie que nous ayons notre appartement, notre vie à nous sans les autres ? Tu n'as pas envie de t'endormir et de te réveiller tous les jours à mes côtés ? Je gagne ma vie, on pourra s'installer, avoir même des enfants si tu veux.

— Moi, je ne veux pas d'enfant tout de suite, je veux continuer mes études, apprendre à dessiner, à peindre. Je veux devenir une artiste et exposer mes œuvres. Je ne veux pas être femme au foyer comme ta mère ou la mienne, je veux être libre. Libre, et ne pas dépendre d'un homme.

— Mais tu seras libre quand tu seras ma femme, je ne t'imposerai rien. On décidera de tout à deux. Si tu préfères, on attendra pour avoir des enfants.

— Écoute, reparlons-en demain, le mistral s'est levé, j'ai froid, je voudrais rentrer.

— Christelle, dis-moi que tu m'aimes.

— Bien sûr que je t'aime.

Le retour se fait en silence. Quand il laisse Christelle devant sa porte, elle se serre contre lui et ils échangent un baiser passionné. François n'arrive pas à s'endormir. Les questions se bousculent dans sa tête, Christelle l'aime, elle le lui a dit alors pourquoi ne veut-elle pas se marier tout de suite ? Dès que le jour se lève, il s'habille, pressé de courir chez elle pour dissiper les nuages de leur conversation d'hier soir et la convaincre de changer d'avis. Presque arrivé, il la voit en train de se diriger vers le Vieux Port, son carton à dessin sous le bras, elle se rend à son cours du mercredi. Elle porte une jupe plissée rouge qu'il ne lui a jamais vue et qui virevolte au vent léger du matin. Ses longs cheveux bruns sont relevés en chignon. Depuis la rentrée de janvier, tous les mercredis, elle disparaît de 8 heures à 16 heures. Il a une telle confiance en elle, qu'il ne lui a jamais posé de question. Mû par une sorte de pressentiment, il décide de ne pas se manifester et de la suivre. Il se sent honteux de le faire, mais il n'a pas la force d'y renoncer. Elle arrive sur le Vieux Port, tourne sur la Canebière, emprunte la rue Paradis, puis la rue du jeune Anacharsis. Au numéro 6, une porte en bois, elle sonne, la porte s'ouvre, elle disparaît. Léon s'approche, aucune enseigne, un seul bouton de sonnette pour trois étages, avec un nom : Bourdaloue.

En face, un petit café. Il entre.

— Un Perrier, s'il vous plaît !

Le serveur ressemble à Fernandel, il en a l'accent et la silhouette. François s'enquiert :

— Il y a une école de dessin au numéro 6 ?

— Une école de dessin ? Ah ça non, jeune homme,

ça fait vingt ans que je tiens ce troquet, je n'ai jamais entendu parler d'une école ni de dessin ni de quoi que ce soit, ni à ce numéro, ni dans cette rue. Il y a bien des jolies petites qui viennent avec des cartons à dessin, mais je ne crois pas qu'elles en fassent beaucoup des dessins ici, dit-il avec un petit rire moqueur.

— Vous connaissez Bourdaloue ?

— Ah ! C'est un « Môssier », un bourgeois qui a des galeries de peinture au quartier des antiquaires.

— Il est marié ?

— Mais, dites-moi, jeune homme, vous êtes de la police ?

— Pardonnez-moi, mais ma fiancée prend des cours de dessins chez lui.

— Vous voulez l'avis d'un vieux crabe ? Ne cherchez pas à savoir, et changez de fiancée ! Votre crevette est tombée dans un filet !

Ébahi, François jette un billet de cinq euros sur le comptoir et traverse la rue pour sonner chez Bourdaloue. Il veut en avoir le cœur net et ne supporterait pas le doute une seconde de plus.

Une voix grave répond à l'interphone :

— Qui est-ce ?

—Ouvrez-moi, je suis François, l'ami de Christelle

Silence.

Puis la voix de Christelle :

— François, qu'est-ce que tu fais là ?

— Ouvre-moi.

— Non, je descends.

En voyant Christelle, rougissante et décoiffée, François comprend sans qu'elle ait besoin de se justifier.

— Ça dure depuis longtemps avec ce Bourdaloue ?

— Mais François, tu es fou, il me donne des cours

de dessin, c'est tout.

— Tu te fiches de moi ?

— Je t'assure…

— Ah non ! Ne me mens pas, en plus. Je répète ma question : depuis combien de temps es-tu la maîtresse de ce type ?

— Mais…

— Depuis quand ? Dis-le-moi ou je t'étrangle.

— Je l'ai rencontré à Noël en allant visiter l'exposition des peintres orientalistes à sa galerie.

— Et tu me mens depuis tout ce temps ! Maintenant, je comprends pourquoi tu ne veux pas te marier. Tu veux que je te dise ? Ça me dégoûte.

— Écoute, je voulais t'en parler, mais j'avais peur de te faire de la peine. Je t'aime tant.

— Tu oses dire ça, tu me donnes envie de gerber ! Et dire qu'on s'était promis l'un à l'autre.

— Mais je t'aime.

— Tu te rends compte que tu brises ma vie et la tienne ? Je n'aurais jamais pensé que tu sois capable de me faire ça ! Tu vas faire quoi avec ce type ? Il veut t'épouser ?

— Je ne pense pas à ça, je profite de la vie, on verra après.

— Après, après, il n'y aura pas d'après, car je ne serai plus là… Tu m'as trahi, tu as trahi notre amour, je ne te le pardonnerai jamais.

François part en courant, malgré les appels de Christelle. C'est comme cela que tout s'est passé. Tout s'est effondré d'un coup. Pour tirer un trait sur son amour trahi et la passion de sa vie, votre cousin a décidé de s'engager dans la Légion étrangère. Repartir à zéro dans l'espoir d'oublier ce qui a failli vous réduire à néant. Il a changé de nom, de prénom, pour s'appeler *Léon Kristelost* , une sorte de traduction de « Christelle perdue » en anglais. C'est un peu fou, oui, mais que voulez-vous, chacun fait comme il peut pour s'en sortir. Léon était un type de parole, quand il s'engageait, il ne se dédiait pas. Un type droit. La vie nous raconte des histoires que nous ne voulons pas entendre, et pour les supporter, nous en écrivons d'autres. Lui, il a pris son destin en main et la Légion lui a sauvé la vie. Amusant de penser qu'un corps d'élite où l'on risque sa peau est capable de vous sauver aussi…

Esther les interrompt, s'adressant à Paul sur un ton calme et déterminé :

— Paul, vous devez arrêter de boire, votre alcoolémie est actuellement de 0,6 gramme, vous dépassez la limite autorisée !

— Mais qu'est-ce que c'est que cette voix ? dit Hans, stupéfait, en se resservant un verre de rosé.

— C'est Esther, mon intelligence artificielle.

— Mais comment elle peut connaître votre taux d'alcool ?

— C'est tout simple, elle mesure l'alcool contenu dans ma sueur grâce à une électrode recouverte d'une enzyme. Esther, fous-moi la paix ce soir, je n'ai que quelques mètres à faire pour regagner ma chambre, je peux boire ce que je veux, lui répond Paul en tendant son verre à Hans qui le lui remplit à nouveau tout en souriant.

— Voilà, reprit Hans, il avait fallu attendre qu'il se sente vraiment en confiance avec moi, enfin avec nous, car ce jour-là on était trois, quand il a déballé son histoire. Nous sommes devenus de vrais amis. J'ai été témoin de son mariage avec Moira, j'ai vu naître le petit Tim. J'ai quitté la Légion avant lui et je suis parti en Ouganda... une belle connerie ! Hospitalisé pour une crise de paludisme, je suis resté inconscient, entre la vie et la mort et on m'a dévalisé. Plus de téléphone mobile, plus de carnet d'adresses, plus de papiers. J'ai été rapatrié par l'Ambassade de France. Une fois sur place, j'ai cherché Léon, mais en vain, aucune trace de lui sur les réseaux sociaux, rien. Disparu des cartes… J'ai fini par me persuader qu'il s'était installé à Marseille et je suis venu y habiter.

Terriblement ému par le récit de Hans, Paul se souvient de son cousin François tout seul sans Christelle. Elle avait disparu. Dans la bande, personne ne posait de question, on constatait c'est tout. Paul s'en veut, s'il avait été plus attentif à François, il aurait pu l'aider, le réconforter, peut-être l'empêcher de partir… Mais, une fois encore, il n'avait rien vu venir, pas plus qu'il n'avait deviné que tout était en place pour que Claire fasse un burn-out.

— Hans, votre ami Léon et Moira sont morts dans un accident de voiture. Tim vit maintenant avec ma femme et moi.

— Bon sang !

— Oui et avant de mourir, Léon n'a rien dit à son fils de sa véritable identité. Alors, je vous demande un immense service, je voudrais que vous rencontriez Tim, qu'il entende de votre bouche le récit que vous venez de me faire. Je veux qu'il comprenne ce qui l'a marqué à jamais, je voudrais aussi que vous lui racontiez la Légion !

— C'est beaucoup ce que vous me demandez là, Monsieur Atornet, mais je vais accepter. Par respect pour la mémoire de Léon que j'aimais comme un frère. Je veux bien rencontrer Tim et lui parler, mais il y a une autre personne que nous devons associer à cette rencontre, c'est Lindsay Manders.

— Qui est Lindsay Manders ? demanda Paul, interpellé par ce nouveau rebondissement.

— Un ancien de la Légion lui aussi, engagé volontaire le même jour que Léon et moi. On était toujours ensemble, tous les trois, et Lindsay a beaucoup compté pour Léon. Il a travaillé pour la CDIA pendant des années, il a pris sa retraite l'année dernière et vit avec sa troisième femme dans un village en Provence, à Mirabel aux Baronnies. J'avais prévu de lui rendre visite prochainement, je vais le prévenir et nous irons ensemble, si vous voulez.

— Je serai très heureux de le rencontrer. Ce qu'il m'apprendra permettra à Tim de mieux comprendre toute cette histoire, car je vois bien que tout cela ne le laisse pas en paix.

16

Après une longue route sinueuse bordée de champs de lavande, de vignes et d'oliviers, Paul, Tim et Hans réussissent enfin à trouver la maison de Lindsay, une modeste bergerie, parfaitement restaurée qui dégage une impression de quiétude. Lindsay attend ses visiteurs sur le perron. Élégant, de taille moyenne et avec de grands yeux bleus éclairant un visage au teint hâlé, une chevelure chenue encore dense, Lindsay ressemble plus à un aristocrate anglais en vacances qu'à un légionnaire à la retraite !

— Bonjour, Monsieur Atornet, bonjour, Tim, salut, Hans !

— Bonjour, Monsieur Manders et merci de nous recevoir

— Entrez, je vous en prie, je vous présente Lulit, mon épouse.

Lulit, la troisième femme de Lindsay, d'origine éthiopienne, ne parle pas le français ; ils se sont rencontrés à Addis-Abeba et se sont mariés au bout de quelques semaines. Femme grande et mince, jeune et pleine d'une grâce naturelle, son visage ravissant exprime autant de douceur que de sensualité, des pommettes saillantes et de grands yeux noirs, des sourcils finement dessinés au crayon noir. Elle semble sourire en permanence, laissant apparaître des dents parfaitement blanches. Elle porte bien son prénom, qui signifie « perle » en éthiopien. Lindsay s'absente un instant et revient chargé d'un plateau : une théière en argent ciselé, quatre tasses, quelques biscuits secs ; il s'installe confortablement dans le vieux canapé de cuir vert face à Tim, le regarde quelques secondes, prend sa respiration et commence son récit :

— Petit, je vais tout te raconter, enfin je vais essayer, car tout ça est vieux maintenant : le début de l'histoire remonte à 2017. Léon et moi nous sommes rencontrés au quartier Viénot à Aubagne, l'État-major de la Légion étrangère. J'avais quitté mon Angleterre natale et pris la décision de m'engager. En arrivant, nous étions très nombreux et, après le processus de sélection, les tests et les enquêtes sur nos passés, Léon, Hans et moi avons été acceptés. Je vois encore les visages de ces dizaines de candidats, tous désireux de faire partie de la meilleure armée du monde. La renommée de la Légion est internationale, une troupe d'élite qui s'est couverte de gloire depuis sa fondation par le roi Louis-Philippe. À l'époque, ton père s'appelait François. Je m'en souviens. On était tous les trois, Hans, ton père et moi à Castelnaudary, pour y faire nos classes. On y a passé quatre mois, l'instruction était terrible, on ne dormait que quelques heures par nuit, et chaque jour, il fallait courir des dizaines de kilomètres, ramper dans la boue, escalader des murs glissants, nager dans de l'eau glacée, le tout en se faisant injurier du matin au soir. Il y avait toutes les nationalités ou presque, je me souviens de notre chambrée, nous trois, un Chinois, un Marocain, deux Américains, un Mongol et un Indien. C'est ça la Légion, un mélange, on vient de partout, mais on ne forme qu'un seul corps.

— Tu te souviens Lindsay, le Chinois t'avait piqué ta ration de survie et on avait accusé le Marocain !

— Oui, et je me souviens aussi de la bagarre qui avait suivi et du sergent Désiletto qui était intervenu pour calmer le jeu. C'est ton père, Tim, qui avait pris spontanément la défense du Marocain. À Castelnaudary, c'était dur, plus que dur même, mais on a tenu le coup, car on était solidaires. Au bout de la formation, on a gagné notre Képi blanc, remis à l'automne 2017, on était devenus légionnaires. Ça avait été un grand moment de fierté et d'émotion. J'ai la chair de poule quand j'y pense… Un bref instant, Lindsay montre son avant-bras à Tim médusé et secoue la tête en ouvrant de grands yeux pour dire : « Oui, c'est vrai, j'ai bien vu… » Tu vois, mon Képi blanc, je l'ai gardé toute ma vie avec moi, il est là, dit le vétéran en montrant du doigt une étagère sur laquelle le fameux képi, entouré de photos de légionnaires dans le désert.

— Tu parles d'émotion, Hans ! Tu étais surtout secoué par la cuite que tu t'étais prise le soir même, tu avais tellement bu que tu avais pissé sur le lit de l'Indien en rentrant !

Se tournant vers Tim, Lindsay continue son récit.

— Ce soir-là, ton père était triste. On n'avait rien remarqué au début, mais la fête ne le rendait pas heureux, il avait la tête ailleurs et nous, on ne savait pas pourquoi, on ne comprenait pas. Quelquefois l'envie de tout arrêter le prenait, il voulait rentrer chez lui comme il disait, se demandant ce qu'il était venu chercher ici. Puis avec le rythme de l'instruction, l'automotivation des candidats et l'objectif du « Képi blanc » décrit chaque jour par les supérieurs qui hurlaient que c'était « un rêve et un honneur pour des milliers de soldats », François avait retrouvé la foi.

— Lindsay, puis-je vous demander ce qui vous avait poussé à vous engager dans la Légion ? demande Paul en se resservant une tasse du thé vert préparé par Lulit.

— Oui, je vous dirai, mais c'est une autre histoire, lui répond Lindsay sur un ton qui laisse entendre que la question n'a provoqué chez lui aucune gêne. Le lendemain, on a été affecté dans le même régiment, le fameux 2e REP à Calvi. C'était la plus belle des affectations, un régiment légendaire et parachutiste ! Un honneur. On a débarqué au camp Raffalli, dans notre bel uniforme et couverts de notre Képi blanc. Le camp se trouvait entre la montagne et la mer, dans un cadre d'une incroyable beauté. Je me souviens encore du discours du chef de corps, le colonel de Boisleger : *Vous avez fait le choix de servir la Légion étrangère, soyez en fiers. Vous êtes ici dans l'élite de l'armée française, au sein du régiment qui a sauté sur Kolwezi en 1978, vous devez connaître par cœur et appliquer le code d'honneur du légionnaire : Légionnaire, tu es un volontaire servant la France avec honneur et fidélité. Chaque légionnaire est ton frère d'armes, quelle que soit sa nationalité, sa race, sa religion. Tu lui manifestes toujours la solidarité étroite qui doit unir les membres d'une même famille. Respectueux des traditions, attaché à tes chefs, la discipline et la camaraderie sont ta force, le courage et la loyauté tes vertus*.

Sans que Lindsay ait pu continuer à débiter la suite des articles du code, Hans l'interrompt sèchement :

— C'est bon Lindsay, tu ne vas pas nous le réciter en entier ! Tu ennuies Tim avec tout ça !

— Okay, Hans, mais ce sont des choses qu'on ne peut pas oublier, et puis le code dit tout, c'est l'évangile ! Chaque légionnaire le reçoit dans sa langue maternelle et le code d'honneur devient sa référence permanente. Et puis, on a été breveté parachutiste, on sautait quasiment chaque jour sur cette drop zone* au bord de la mer, inoubliable. Hans s'était blessé, c'est normal, ça arrive. Il était trop lourd pour être para !

— Tout le monde ne peut pas être taillé comme une allumette, lui répond Hans du tac au tac.

— C'était en 2020, quatre compagnies du régiment, dont la nôtre, ont été envoyées en Libye, on était fous de joie à l'idée de cette opération ; c'est un peu en pensant à ce genre de mission et d'aventure qu'on s'était engagés. Arrivés sur zone, l'ambiance était moins drôle, mais cette partie de notre histoire n'a pas d'intérêt pour toi, Tim, alors je passe vite là-dessus. Six mois en Libye, puis le Soudan, le Mali, retour à Calvi pour trois années de calme. On avait pris nos habitudes et la Légion était devenue notre famille. Tu te souviens, Hans, de ces années ? On était les meilleurs amis du monde, on s'entraînait, on sortait, on draguait, on riait, on apprenait et on chantait. Emporté par l'enthousiasme suscité par tous ces souvenirs, Lindsay commença à entonner « La petite piste », son chant préféré :

« O porteur, Et Askari,
Aillo, Aillo-Ay Safari
Combien de fois l'a-t-on parcouru
Cette petite piste
Traversant la lande herbue. »

Hans le coupe :

— Eh oh ! C'est pas le moment pour des chants Légion, Lindsay, garde ça pour les soirées entre nous !

Complètement pris par son récit, Lindsay allume cigarette sur cigarette et, avec l'accent anglais qui ne l'a jamais quitté, continue à raconter à Tim son épopée.

— Nous y avons vécu des années extraordinaires. Des entraînements durs et réguliers, des sauts de jour, de nuit, en mer et des moments de détente quand les permissions nous permettaient d'aller boire un verre en ville ou de partir quelques jours hors du camp. Nous étions toujours ensemble avec Léon.

— Il s'appelait Léon ou François ?

— Ah, pardon, j'ai oublié un épisode. Lorsque la Légion vous accepte dans ses rangs, elle vous autorise à changer de nom, c'est une sorte de nouveau départ qu'elle vous offre. Vous choisissez un nouveau nom, un nouveau prénom, une nouvelle vie en quelque sorte. En contrepartie, le légionnaire abandonne son identité et sa nationalité, il devient une sorte de non-personne ; il ne peut pas se marier ni acheter une voiture ou une maison. Puis, au bout d'un an, il peut demander à retrouver son état civil, et dix ans plus tard, il peut être naturalisé Français s'il en fait la demande. Il devient « Français non par le sang reçu, mais par le sang versé », comme ils disent. François s'était présenté à la Légion comme un citoyen belge, vous savez qu'il faut être étranger pour être accepté dans la Légion, et il avait choisi de s'appeler Léon Kristelost. La Légion fait vite progresser les soldats motivés, on est passés caporal tous les trois en même temps, puis caporal-chef, sergent, adjudant, et Léon a réussi ce que très peu de légionnaires entrés par le rang réussissent, il est devenu officier. Sous-Lieutenant d'abord, puis lieutenant et capitaine quand il a quitté les rangs. C'était un garçon sérieux, courageux, honnête et franc, apprécié de tous et toujours là pour aider ou soutenir un légionnaire en difficulté. Il était en revanche très timide et parlait peu aux filles quand nous sortions. Il restait à distance, comme si elles lui faisaient peur.

— C'était loin d'être ton cas ! plaisante Hans.

— Oui, quant à toi, Hans, tu étais fort à la bagarre, mais avec les filles tu ne pouvais pas rivaliser, lui répond aussitôt Lindsay. Nous avons beaucoup voyagé pour des missions extérieures, en Syrie, en Libye, au Tchad, au Mali, en République centrafricaine, et à chaque virée, il nous accompagnait, mais restait un peu à l'écart. Avec les sergents Desiletto, Negrelli et l'adjudant-chef Pilou, nos soirées étaient amicales et chaleureuses. On était contents de se retrouver et de pouvoir compter les uns sur les autres. C'est un peu la magie de la Légion, cent cinquante nationalités différentes, des histoires qui n'ont rien à voir les unes avec les autres, des cultures et des habitudes de vie qui semblent inconciliables et pourtant, une harmonie de vie parfaite, autour de valeurs respectées par tous. La Légion impose la solidarité entre ses hommes, et le respect de chacun. D'ailleurs, une fois le légionnaire engagé, personne n'a plus le droit de le questionner sur son passé.

Paul écoute religieusement, émerveillé par la capacité de Lindsay à faire vivre une histoire dans laquelle il imagine enfin ce qu'a vécu son cousin François.

— Votre conférence téléphonique commence dans quinze minutes, dit Esther sur un ton minéral qui semble surgir d'un autre monde.

— Esther, décale cette conférence à plus tard et ne me dérange plus !

— Monsieur Manders, continuez s'il vous plaît !

— Un jour de décembre 2024, alors que nous avions essuyé pendant des heures des tirs ennemis dans les djebels du Mali, Léon s'est ouvert à nous.

— Hans et Lindsay, vous m'avez souvent demandé d'où venait ce nom de Kristelost. Je n'ai jamais voulu vous le dire, je vais le faire aujourd'hui.

— Peut-être avait-il senti dans la journée que la mort pouvait frapper à n'importe quel instant ou avait-il simplement envie de parler ? Je ne sais pas. C'est là qu'il nous a raconté son histoire avec Christelle, je n'y reviendrai pas, Hans vous en a déjà parlé.

Lindsay se lève, ouvre une vieille boîte en bois incrustée de pierres blanches et en sort un paquet de cigarettes. Il se rassoit, avale une nouvelle gorgée de thé et reprend le cours de son monologue, regardant Tim, les yeux écarquillés :

— Tim, quand Christelle est partie avec un autre,

ton père a essayé de comprendre, il l'a suppliée de lui expliquer, de revenir… mais rien n'y a fait, il n'a eu droit qu'à un « Je ne suis pas à toi ». Alors, il a voulu mourir, ou fuir et en rentrant chez lui ce soir-là, il a vu une publicité pour la Légion et voilà. Il n'en a pas fallu plus pour qu'il se décide.

— Moi, je lui disais qu'avec les femmes, faut pas chercher à comprendre ! Elles sont comme ça, c'est tout. Et puis moi, j'en ai changé souvent, c'est plus simple et ça évite les problèmes ! Ou plutôt, on change de problèmes !

— Lindsay, je te rappelle que tu parles à Tim qui a quinze ans, pourrais-tu garder ce genre de considérations pour une autre fois, s'il te plaît ? lui dit Hans sur un ton agacé.

— OK, Hans !

— Vous avez l'explication du nom de Kristelost, en perdant Christelle, il se croyait perdu à jamais. Il ne croyait plus en Dieu non plus, le choix du nom Kristelost vient peut-être de là aussi, il avait perdu celle qu'il aimait plus que tout et sa foi en Dieu dans le même temps.

Paul muet, complètement abasourdi, reste fasciné par ce qu'il entend.

Tim boit les paroles de Lindsay et essaie d'imaginer son père dans ces circonstances, avec ses amis, dans cet univers si particulier.

— Je crois qu'il ne l'a jamais revue. Et même s'il a gardé dans sa poche une photo d'elle pendant des années, je pense qu'il a fini par l'oublier, et tant mieux.

François semble soulagé d'avoir livré son secret à ses amis. Le lendemain, précisément le 28 décembre 2024 à 8 h 30, on a vécu l'épisode probablement le plus dur de notre carrière de légionnaire. Il faisait froid, on était épuisé de la marche de nuit. Comme des idiots, ce soir-là, on était sorti sans nos exosquelettes*. Tout à coup, une pluie de balles s'abat sur notre section. On plonge sous un talus, on reste immobiles pendant un moment interminable, peut-être une heure, sans faire un bruit, dans le silence du désert. Le vent sifflait dans les dunes. Les corps inanimés du lieutenant-chef de section et du sergent Ramirez gisaient à quelques mètres de nous, tu te souviens, Hans ? Le snipper cesse alors ses tirs et s'approche de nous, pensant que nous étions tous morts. Dans un éclair, Léon bondit hors du talus, arme au poing pour dégommer le tireur avec son pistolet automatique, mais quand il voit l'âge de son agresseur, il renonce à tirer, se jette sur lui pour le désarmer ; il a réussi, mais seulement après que cet enfoiré ait eu le temps d'appuyer sur la détente de sa kalach et de lui envoyer deux balles dans les jambes ! On peut dire qu'il a épargné la mort à ce garçon qui devait avoir à peine douze ou treize ans. Moi à sa place, je l'aurais fumé sans hésiter ! Dans l'hélicoptère qui l'a transporté à Bamako, il divaguait et appelait Christelle. Heureusement, il a été bien soigné. Quelques jours plus tard, il était rapatrié en France pour être ensuite affecté à des tâches administratives et muté au 3e régiment étranger d'infanterie, à Kourou en Guyane.

— C'est là qu'il a rencontré Moira qui lui a fait tout oublier. Elle était belle, douce, souriante, elle semblait toujours heureuse et à l'écoute de chacun, elle ne critiquait jamais personne. Elle regardait Léon comme s'il était son sauveur, elle lui disait souvent : « Que c'est bon de t'avoir rencontré, tu as changé ma vie ». À ses côtés, il se sentait vivre comme jamais. Ils se sont aimés très vite et très fort, puis tu es arrivé Tim.

De grosses larmes coulent sur les joues de Tim, bouleversé par le récit de Lindsay. Entre l'aristocrate anglais, le colosse allemand et le frêle adolescent, Tim a le gabarit de son père, le courant est passé dès le premier regard. Tim a ressenti au plus profond de lui-même la force de l'amitié qui a lié les trois hommes. Insatiable, il les bombarde de questions. Il découvre enfin le mystère de son père, il comprend le pourquoi de son insondable tristesse et son repli sur lui-même. Il a fui pour se sauver, dans l'espoir d'oublier ce qui jusque-là l'avait fait vivre. *Moi aussi, j'ai voulu partir,* se disait-il, *mais pour d'autres raisons. Je me sentais seul, malgré la tendresse de Paul et Claire. Moi aussi je me suis sauvé... en essayant d'aider Alice. Maintenant que je connais la vérité sur mon père, jamais plus je ne prendrai le large, jamais. Mon courage sera de rester*. Quoi de pire que de commencer la vie par une trahison ? Tim comprend aussi que son père était un homme de parole, un courageux d'une extrême sensibilité, un peu trop impulsif peut-être, très entier comme lui qui ressent si profondément les choses, les événements, les sentiments, les gens. Il sait que cette émotivité est à la fois une force, rien ne lui échappe, et une faiblesse, elle le rend vulnérable.

— Voilà, Monsieur Atornet, Tim, ce nous pouvons vous dire sur notre histoire. Léon était un grand monsieur et Moira une sainte, en tout cas, une fille bien !

— Il va falloir que nous rentrions bientôt à Marseille, dit Hans en se levant de son fauteuil.

— Mais pourquoi si vite ? lui répond Tim, avec des trémolos dans la voix.

— La situation de la société n'est pas brillante et c'est sur moi que reposent les contrats qui peuvent la sauver. Je me sens responsable de tous ces gars qui risquent de perdre leurs contrats.

Sur le chemin du retour, l'ombre des oliviers dessine sur la route et les bas-côtés d'étranges silhouettes mobiles, comme des fantômes solitaires que la nuit voudrait avaler.

17

Paul s'empresse de raconter l'histoire de François à Claire, émue aux larmes. Elle comprend mieux d'où vient cette force intérieure qu'elle ressent chez Tim. Mais Paul est inquiet, il voit que Tim est perturbé par la rencontre des amis de son père et par son histoire. Il n'a que quinze ans, comment comprendre tout ça, à cet âge-là ? Paul s'en ouvre à Claire.

— J'ai peur que les révélations de Lindsay aient bouleversé Tim et que la nostalgie de ses parents ne resurgisse avec violence.

— Je ne crois pas, je le sens perturbé, mais pas triste. Je vais lui parler.

Après avoir définitivement tourné la page du cabinet Truchot-Hershey, Claire s'accorde un temps de réflexion. Elle sait qu'elle ne veut plus exercer son métier d'avocat. La course à la performance et au temps, à la compétition, à l'individualisme, aux deals négociés pied à pied. Adieu la loi du plus fort, la mauvaise foi indispensable dans certains contextes, tout ce monde lui fait désormais horreur. Elle va suivre une formation pour changer d'orientation, elle est certaine de le vouloir et s'appuie sur cette décision pour se reconstruire. Mais quelle orientation choisir ? Elle ne le sait pas encore. Depuis quelque temps, elle écoute les conseils avisés de sa tante Lucie, une ancienne couturière que la vie a essorée et qui malgré les flots d'épreuves qu'elle a traversés a toujours su rester sereine. En quelques mois, alors qu'elle avait une trentaine d'années, Lucie a tout perdu : Jean, son mari d'une crise cardiaque – le cœur a lâché alors qu'il faisait du vélo en plein soleil ! puis son fils unique, Antoine, terrassé par une méningite cérébrospinale, ses parents… Le bonheur discret de son quotidien tranquille détruit en quelques semaines. Soudain le désert, la nuit noire, plus rien. Elle n'a rien dit de sa souffrance et passait de longues heures derrière sa machine à coudre. Le travail pour oublier, pour se sauver. Et l'aide d'une thérapeute, sans que personne n'en sache jamais rien. « Avant que je craque, je ne prêtais qu'une oreille distraite à tout ce qu'elle pouvait me dire. Je me contentais de lui sourire et de passer de très rares moments en sa compagnie, pour ne pas rompre tout lien familial. Un thé avec des macarons et quelques banalités d'usage. Je restais courtoise, sans être concernée, polie, mais superficielle. Elle est venue me rendre visite pendant ma convalescence, toujours aussi délicate sans être jamais intrusive ; quand je lui ai demandé comment elle réussissait à être aussi rayonnante après avoir subi autant de deuils, elle m'a simplement répondu : « Quand je me suis rendu compte que mes travaux de couture étaient une autre manière de fuir, je me suis fait aider… Par une psy de la vieille école. Je te donne son adresse, tu iras si tu le sens, laisse-toi aussi guider par ton intuition… » J'ai pris rendez-vous, je la rencontre après-demain à 15 h.

Edwige Courtois a l'air d'une maîtresse d'école des années quatre-vingt. Elle a passé la soixantaine, rassemble ses cheveux gris en un chignon strict et impeccable, un regard gris clair qui vous pénètre de douceur, la peau du visage plus ridée qu'une reinette oubliée dans une coupe, des lunettes démodées en écaille. Un cabinet vintage, fauteuil Knoll, du parquet ciré.

« Qu'est-ce qui vous amène ? » Elle m'a laissé parler. J'ai mis un moment à vider mon sac, mais j'ai tout déballé, une vraie saignée, une purge ! L'impression de curer de vieux abcès. Elle prenait des notes en silence, attendant que j'arrête ma logorrhée et puis elle m'a longuement regardée et a lancé : « Il n'y a pas de problème qui n'ait sa solution, car s'il n'y a pas de solution, c'est qu'il n'y a pas de problème. Je crains que vous vous soyez un peu perdue de vue, Claire. Nous allons essayer ensemble de retrouver votre route. Et si vous avez mal aux pieds sur celle-là, changer de chaussures… »

Paul avait remarqué un changement dans l'attitude de sa femme, elle souriait plus. Il lui demande la raison de ce mieux.

— Je vois quelqu'un de bien tous les jeudis à la même heure. Une heure à tout déballer. Au fil des séances, je redeviens mon amie, j'accepte de m'être trompée et d'être heureuse en ma compagnie. Je comprends combien ceux qui me sont chers sont ma seule priorité. Tout reprend doucement sa place, j'enlève une à une chaque pierre que j'avais moi-même mise dans mon sac à dos…

— Le résultat est bluffant ! J'ai l'impression de retrouver l'étudiante pleine de vie et de confiance que j'ai aimé être et que j'aime encore.

Ces vacances prolongées lui permettent de passer plus de temps avec Tim. Ils prennent l'habitude de longues marches dans Paris. Les quais, dont la piétonnisation a soulevé d'intenses polémiques, sont un lieu de promenade idéale.

— Comme c'est beau Paris ! Regarde Tim, tous ces monuments qui se succèdent de chaque côté de la Seine, la tour Eiffel, le musée du Quai Branly, les bulbes dorés de la cathédrale orthodoxe qui luisent au soleil, les coupoles du Grand et du Petit Palais, l'Assemblée nationale, le Musée d'Orsay, l'Académie française, Notre-Dame, c'est un musée de plein air et ces camaïeux de gris font rêver, tu ne trouves pas ?

— Mouais, mais je préfère les couleurs de Marseille… L'ambiance me plait plus et les gens sont moins tristes.

— Tu aimerais vivre à Marseille ?

— Ah oui, et toi Claire ?

— Alors là, je t'avoue que je n'y ai jamais pensé ! Pourquoi pas ? Je pourrais quitter Paris, s'il le fallait, ce n'est pas le cas de Paul qui a son boulot ici.

— Justement, c'est à ça que je pense. Tu sais, cette société dont Paul est actionnaire. Hans et Lindsay m'ont dit qu'elle allait couler parce qu'elle est mal gérée : trois cents personnes risquent de perdre leurs contrats, alors que bien dirigée, non seulement ça marcherait, mais Hans pourrait la développer. On pourrait partir vivre là-bas et Paul reprendrait la société en main. Je pourrais aller au même lycée que celui de mon père, toi tu profiterais de la mer, du soleil en attendant ta formation, Paul pourrait sauver cette société et devenir son propre patron, depuis le temps qu'il en parle ! Il suffit de le vouloir et de le décider. Le train passe, il faut monter dedans.

— Dit comme ça, c'est tentant, parlons-en ce soir tous les trois.

Dans un premier temps, malgré sa ferveur, le plaidoyer de Tim en faveur de l'installation à Marseille séduit Paul sans le convaincre. Il aime ce qu'il fait chez Biospeed et il dirige ses équipes comme il l'entend. Son salaire de 350 000 euros annuel, auquel se rajoutent régulièrement des bonus, lui permet de vivre très largement, même s'il sait que cette situation peut prendre fin à tout moment, sans préavis. Est-ce qu'après vingt-sept années passées à Paris et arrivés à la cinquantaine, ils pourraient s'adapter à une autre vie ?

— Paul, moi j'ai déjà décidé de changer de vie et quitter Paris ne m'inquiète pas. Et Tim serait si heureux. Tu n'aimerais pas renouer avec tes racines ? En plus, c'est pour une noble ambition : sauver une entreprise et protéger ses collaborateurs.

Paul finit par être ébranlé. Tim a un sixième sens et conseille toujours les bons choix…

Il appelle Raymond Tharreau : le chiffre d'affaires continue de baisser, puis Hans lui confirme que la situation s'aggrave et que le contrat avec le gouvernement sénégalais va être dénoncé pour non-respect des délais de livraison.

— Raymond, prenez-moi rendez-vous avec l'actionnaire majoritaire, je suis prêt à le rencontrer.

À peine assis face aux deux représentants de l'actionnaire majoritaire, Paul entre dans le vif du sujet sans perdre une minute.

— J'ai analysé les comptes et si rien ne se passe, la société devra déposer son bilan d'ici quelques mois. Je m'étonne d'ailleurs que vous n'ayez pas prévenu les autres actionnaires de la gravité de la situation, c'est pourtant la loi. Que comptez-vous faire pour redresser la barre ?

Engoncé dans son costume sombre, le plus âgé des deux représentants de l'actionnaire majoritaire, membre du conseil d'administration, répond sur un ton qui trahit instantanément son manque de conviction : « Nous pensons que les difficultés sont passagères, nous avons embauché un directeur de production plus qualifié et nous travaillons sur de nouveaux produits ».

— Mais vous n'avez pas compris, il y a urgence, sans un apport de cash important la société ne tiendra pas deux mois de plus, êtes-vous prêt à ce nouvel investissement nécessaire ?

— Nous avons procédé à une augmentation de capital il y a peu et notre compte courant d'associés se monte à deux millions d'euros, nous ne pouvons faire plus.

— Et alors, que va-t-il se passer ?

— Nous pensons que les difficultés sont passagères, nous vous l'avons déjà dit.

— Donc, vous n'allez rien faire ! Je ne peux pas accepter de laisser couler cette entreprise, vous ne gérez plus rien depuis des mois ; il y a des problèmes partout, à la production, à l'installation, à la maintenance, dans le choix des sous-traitants... et maintenant dans la gestion de la trésorerie et vous n'avez pas de solution ! Vous ne réalisez pas la gravité de la situation !

— Et vous, que préconisez-vous ?

— Je préconise de changer de dirigeant et d'actionnaire majoritaire au plus vite, il faut quelqu'un qui soit capable d'investir et de remettre l'entreprise sur de bons rails !

— Très bien, faites-nous une proposition et nous vous répondrons au plus vite.

Paul quitte ses interlocuteurs et, remontant dans sa voiture, questionne Esther :

— Écoute-moi bien, je vais te demander un exercice inédit : tu vas me calculer le prix à payer pour cette entreprise. Voilà les données : l'entreprise faisait un chiffre d'affaires moyen de 60 M€ avec une croissance de 5 % par an depuis dix ans et un bénéfice avant impôts de 4 M€. Mais depuis trois ans, elle ne fait plus de bénéfice, et ses deux derniers exercices affichent une perte importante. Le chiffre d'affaires de l'année dernière a été de 52 M€ et le prévisionnel de cette année annonce 41 M€ ce qui donnera une perte de 1,5 M€. Les fonds propres de l'entreprise sont négatifs et la dette est de 3 millions. Je possède 7 % du capital. Combien valent les 93 % restants si c'est moi l'acheteur ? Je rajoute que, d'après Hans, on pourrait retrouver le niveau de chiffre d'affaires précédent, mais seulement après avoir modernisé la partie production ce qui suppose de gros investissements et de trouver de nouveaux clients, ce qui demande un peu de temps.

La réponse d'Esther ne se fait pas attendre :

— Le prix de cette entreprise est le suivant : D'après les éléments en ma possession et sur la base de l'analyse complète effectuée sur le potentiel de développement de son marché, ses concurrents, l'évolution réglementaire du secteur et les prix moyens des cent dernières transactions dans la même activité et à des tailles comparables : six fois le bénéfice brut plus ou moins la trésorerie. Dans le cas de la CDIA, comme le bénéfice est une perte, ça donne un prix négatif... il faudrait en principe qu'ils vous donnent de l'argent en même temps qu'ils vous cèdent la société. Mais tout ceci est théorique, le prix à payer est égal à zéro et je pense qu'à ce prix-là vous leur rendez service. N'oubliez pas que, compte tenu des éléments que vous m'avez communiqués, vous allez devoir injecter au moins 2,5 millions dans l'entreprise. Je viens de consulter vos comptes et avoirs personnels, vous disposez de 750 000 € si vous récupérez la totalité de vos liquidités.

— Merci, Esther, pour ces éléments précis, tu es vraiment géniale ! Et si je te demandais un avis plus personnel, que me conseillerais-tu ? Tu reprendrais l'entreprise à ma place ?

— Je vous connais bien Paul et je pense que vous devez saisir cette opportunité.

— Argumente plus s'il te plaît !

— Bon alors commençons par les éléments rationnels : l'entreprise a des fondamentaux solides, une bonne réputation, des collaborateurs très compétents et une bonne connaissance de son marché. Son chiffre d'affaires a chuté, certes, mais les causes sont imputables au management, donc vous pourrez très vite retourner la situation. De plus, elle se trouve sur un secteur en très forte croissance, dans des zones géographiques elles-mêmes en croissance. Elle a des points faibles, oui, mais pas très difficiles à corriger. Le point le plus sensible, si je me fie aux explications des représentants de l'actionnaire majoritaire actuel et aux données comptables, c'est le stock. Et ils ont raison : de nos jours, les stocks physiques n'existent plus dans ces métiers. Les produits doivent être stockés numériquement et fabriqués à la demande en interne par une imprimante 3D. Donc, la totalité du stock tiendra dans une clé USB et, à chaque commande, vous serez sûr de fabriquer le bon produit à des coûts extrêmement faibles par rapport à ceux d'aujourd'hui, vous regagnerez ainsi de la compétitivité et des clients ! Et maintenant les éléments irrationnels : c'est une aventure qui se présente à vous, une sacrée aventure même ! Vous avez fait vos preuves comme cadre dirigeant et vous gagnez bien votre vie, mais je sais qu'il vous manque quelque chose. Et vos capteurs émotionnels me montrent à quel point vous vibrez à l'idée de devenir chef d'entreprise. Et puis, il faut prendre en compte un autre aspect encore plus important et selon moi décisif : Tim et Hans comptent sur vous pour reprendre l'entreprise, vous les décevriez si vous ne preniez pas ce risque ou plutôt si vous ne releviez pas ce défi. Vous savez comme moi que vous ne supporteriez pas de les décevoir. Entreprendre, c'est accepter un risque consenti. Je dirai même que l'amour et l'entreprise ont cela en commun :

il faut y croire ! Se donner à fond et tout mettre en œuvre pour ne pas avoir de regret. N'hésitez plus, foncez. J'envoie un message à la banque pour qu'elle nous propose un rendez-vous.

— Nous ?

— Pardon, vous… mais je vous accompagnerai !

18

Pour Claire aussi l'heure est au bilan. Elle a frôlé la catastrophe et ne veut plus jamais connaître l'horreur de n'être plus soi-même. De ne pas même se rendre compte de l'étendue des dégâts. De subir une situation sans être en capacité de contrôler quoi que ce soit. Oui, elle a été une avocate reconnue, une femme prétendument accomplie, elle a obtenu tout ce dont elle rêvait ou presque : une situation, l'aisance, la reconnaissance. Elle a cru être parvenue à ce qu'elle espérait, mais s'est laissée abuser et bercer d'illusions, à force d'aveuglement et d'ambition sans hauteur. Elle a gouverné sa barque, ramé, ramé, sans se rendre compte que d'invisibles avaries laissaient des voies d'eau pénétrer l'embarcation. Trop habituée à ramer, elle ne s'est même pas rendu compte que l'eau montait dangereusement. D'abord aux chevilles, puis jusqu'aux genoux. Juste un malaise, un froid pénétrant qui gagne les os et paralyse ce qui reste d'énergie. Il avait fallu qu'elle sombre pour réagir. Elle s'était même vue couler à pic, effarée de ne pouvoir réagir. « Celui qui a inventé le navire a aussi inventé le naufrage », lui avait dit sa psy, « Je cite Lao Tseu... » précisait Edwige en passant une main sur son chignon. Oui, elle avait raison. Il fallait garder la main sur la barre, même en plein brouillard. Aller vers. Et se prémunir du naufrage. Le mieux était encore de ne pas quitter le port quand la mer est grosse. Préférer les eaux tranquilles, la vie de famille et un travail qui ne vous ronge pas insidieusement. Encore fallait-il ne plus se tromper de direction, regarder les étoiles pour connaître sa position.

Elle avait beaucoup entendu parler de plusieurs méthodes de développement personnel. Intéressée sans être convaincue. Au fond, rien ne remplacerait jamais un rapport personnel et direct, établi dans la confiance. On sait tout de suite si telle personne peut vous comprendre, on le sent : Edwige Courtois avait le génie de l'écoute, elle n'avançait pas à grands coups de serpette, mais pas à pas, avec délicatesse, elle savait prendre son patient par la main sans lui raconter d'histoire et d'ailleurs c'était lui qui apprenait à se sortir d'affaire seul, simplement guidé par une voix amie qui le prévenait des écueils. « Attention ! disait-elle en substance, cette attitude-là ne vous protège pas. Ne vous exposez pas trop, vous allez servir de cible ! Apprendre à vivre, voilà ce qu'on n'enseigne pas dans les écoles. C'est un tort. Nous devrions enseigner le vivre ensemble, apprendre à connaître nos travers, nos passions, nos rêves, nos fantasmes. Apprendre à scier les barreaux que d'autres ont scellés à nos fenêtres. Garder à l'esprit les conditions, les risques. Douter. Respecter. Miser... » Edwige ne faisait pas de longs discours, mais elle sortait de temps un temps une phrase qui changeait tout. Elle ouvrait le couvercle de la boussole et on voyait où était le nord ! Pourquoi avoir dépensé autant d'énergie pour en arriver là, à quarante-huit ans, sans avoir eu d'enfants, avoir négligé son couple pour simplement briller en société sans même avoir le temps de se réjouir d'un gros compte en banque que l'on n'a même plus le loisir de consulter ? Elle avait obtenu tout ce qu'elle avait souhaité ou presque et n'avait jamais eu besoin de quiconque pour savoir ce qui était bon pour elle. Elle croyait comme à une évidence qu'il n'y a qu'un chemin pour réussir et qu'elle avait fait les bons choix. Mais quand le préalable est faux, le résultat est nul. Tim lui avait même montré la voie avant qu'elle ne s'effondre, mais elle n'avait rien vu, ou pas voulu voir. Le fruit a l'air mûr, mais il est pourri de l'intérieur. Pourri par des nuisibles. Des parasites. Aujourd'hui, elle savait à nouveau ce qu'était une idée simple et belle : s'aimer soi-même, aimer les autres tels qu'ils sont, sans jamais vouloir les changer, être utile et agréable… Simple comme bonjour. Pas besoin de trafiquer, de louvoyer, de jouer un rôle.

Edwige combine plusieurs méthodes : la parole et l'écoute, aucune communication artificielle. Elle favorise toute forme d'expression, par le corps comme par les dessins qui doivent être réalisés sur une feuille avec des crayons et des Poscas, ces feutres de peintures à base d'eau et de pigments inaltérables. Le « trait », « laisser une trace » fait partie intégrante du travail et Claire adore passer des heures à dessiner et écrire. Ce qu'elle commence dans le cabinet d'Edwige, elle l'achève chez elle, selon son humeur. Elle va jusqu'à se libérer de tâches paraît-il urgentes pour finir son dessin ! Une autre séance consistait en un exercice de voyage personnel centré sur la rencontre de l'enfant intérieur, Claire se sentait assez en confiance pour se reconnecter avec cette partie d'elle-même laissée dans une oubliette et « apprivoiser » à nouveau la petite Claire de huit ans qui jouait bienheureusement avec ses cousines. Elle prend, non sans peine parfois, conscience de ses aliénations : malgré la sensation de liberté qu'elle ressent, mais qui masque l'état réel de son psychisme, de nombreux déterminismes sont imposés à ses choix prétendument délibérés, et ce dès la naissance. En réalité, elle a évolué dans une cage, une très grande cage, dont elle n'a même pas aperçu les barreaux.

« Quelle est d'après vous la plus grande rupture de votre vie ? Réfléchissez-y. Traduisez votre pensée par un dessin ou une arborescence. » Elle crayonne instinctivement au feutre noir un immense éclair qui déchire sa feuille, et se sent emplie de tristesse. La persécution de JFR, pour lequel elle a eu tant d'attirance, tant d'affection et qui l'a en réalité torturée, humiliée, en la poussant à bout tout en la culpabilisant, lui laissant penser qu'il ne voulait que son bien. Et puis la mort subite de Léon et Moira, abandonnant derrière eux un fils de quinze ans qui commençait alors sa vie par une injustice, le scandale d'un deuil soudain. Dans la vie de Claire, protégée, gâtée, privilégiée, le harcèlement, la perversion de JFR était l'événement qui lui faisait prendre conscience que la vie est courte et unique, fragile. « Il ne nous est jamais donné de réparer ce que d'autres ont cassé, souvent avec un malin plaisir. » Edwige lui redonne le goût de vivre pleinement. Elle lui réapprend à se respecter, à se ménager, et même à rééduquer son regard par l'art, pour mieux découvrir le monde, voir les autres, se voir soi-même en apprenant à voir et observer des œuvres.

Les effets de l'expérience esthétique expérimentée en étant spectateur d'une œuvre d'art pendant quinze minutes sont un phénomène découvert par les neuroscientifiques au début du XXIe siècle : les effets sur le cerveau permettent de renforcer la pensée divergente, de réapprendre à penser les possibles, de laisser l'imagination éclore, comme un enfant de trois ans, sans limites. Elle se sent libérée, tout d'un coup, par ce qui naît de sa main, elle se sent différente, originale, capable de créer, d'inventer, de sortir du cadre. « Votre vie peut aussi être une œuvre d'art. Imaginez l'énergie qu'elle contient sans jamais s'épuiser, imaginez que le regard des autres est la destination de votre vie, de vos actions. » dit Edwige en se levant de son fauteuil. Et ce fut là, l'instant, le déclic, la vérité. Avocate dans un grand cabinet ? Ce n'était pas ce qu'elle voulait que l'on voie d'elle. Rien qu'une image factice. « Est-ce cela faire de ma vie une œuvre d'art ? Bien sûr que non ! »

Elle touche le but du voyage intérieur, un peu comme une porte qui s'ouvre au bon moment. Il lui paraît que l'enseignement lui conviendrait à merveille. C'est une évidence. Transmettre. Tenter d'ouvrir des horizons à d'autres comme Edwige l'a lentement libérée de sa cage ou lui a plutôt montré la sortie. C'était de cela dont elle rêvait et qui lui correspondait en tous points !

Claire fait alors immédiatement le lien entre cette nouvelle perspective, le projet de reprise de la CDIA de son mari, celui de Tim de vouloir s'installer à Marseille, la faculté de droit d'Aix-en-Provence où elle a été si heureuse avec Paul et son envie de tourner la page. Tout s'est intimement synchronisé. Elle postule sur-le-champ, la chaire de « droit de l'intelligence artificielle » d'Aix-en-Provence est à la recherche d'un spécialiste expérimenté. Les perspectives sont immenses. Il s'agit aussi de mettre plus en valeur le lien qui lie la science, l'éthique et l'impact des grandes révolutions scientifiques sur notre manière de voir le monde. Tout est lié et il faut établir avec pertinence les connexions, les incidences, les répercussions entre ces bouleversements et notre quotidien, nos façons de vivre et de percevoir nos relations à l'autre.

Tout doit être repensé en mesurant l'impact sociétal et éthique de l'Intelligence Artificielle sur l'humanité. Le cadre juridique sera déterminant.

« Maintenant que je sais où je vais, je vais me donner les moyens d'y aller ! La main sur le gouvernail, par temps calme… »

19

Assise très élégamment derrière un immense bureau blanc laqué sur lequel trônait la maquette d'un avion de chasse et de son pilote ressemblant étrangement à la maîtresse des lieux, la directrice générale de la banque, Audrey Lestrade, a compris la situation en quelques minutes. Son intelligence combinée à sa longue expérience des entreprises lui a permis de déceler immédiatement chez Paul la capacité à retourner la situation et son accord n'a pas été difficile à obtenir. Paul apporterait 500 000 € de fonds propres et la banque consentirait un crédit d'équipement de 2 M€ au taux de 1,5 % sur sept ans tout en maintenant les autorisations de découvert, à la condition que Paul soit majoritaire au capital et dirige l'entreprise. Dès le lendemain, il peut formaliser son offre auprès des actionnaires actuels : augmentation de capital lui donnant 90 % des parts, abandon des comptes courants d'associés et départ des actionnaires actuels du conseil d'administration. L'opération est rapidement bouclée. Les actionnaires managers acceptent la totalité des conditions de Paul, soulagés de voir arriver un dirigeant qui va prendre les choses en main, même à ce prix.

— Vous y allez fort, Monsieur Atornet, mais nous n'avons pas le choix, c'est d'accord !

Paul démissionne de Biospeed et part pour Marseille. Claire et Tim le rejoindront dès qu'il aura réglé les problèmes d'installation. En attendant, il loue un petit appartement meublé dans le quartier de la Joliette, avec vue plongeante sur la cathédrale de la Major.

Désormais chef d'entreprise, Paul se met au travail sans perdre une minute, aidé par Raymond, qui a toute sa confiance. Il nomme Hans directeur général et, à trois, ils réorganisent la compagnie. Le gros investissement, de plus d'un million d'euros, est consacré à l'acquisition d'une imprimante 3D de très grande capacité pouvant fabriquer sur demande tous les produits et pièces détachées de la gamme. Le stock physique est cédé à vil prix et le nouveau stock uniquement constitué de plans numériques bien à l'abri dans un cloud*. Depuis plusieurs années, la fabrication additive a en effet révolutionné la manière de produire. Elle consiste à superposer de très fines couches de poudre de matériaux spécifiques (métal, plastique, bois, acier, etc.) dont on souhaite que l'objet soit constitué. Un rayon laser vient ensuite chauffer les parties à solidifier. Il ne reste plus qu'à enlever la poudre superflue et l'objet devient réel. La fabrication est lancée à partir du fichier informatique de l'objet virtuel à créer.

Les avantages sont déterminants : possibilité de produire des objets aux formes complexes, composés de plusieurs matériaux et en petite série, réduction des coûts de production grâce à la suppression d'assemblage de pièces, pas de stocks physiques ce qui induit d'importantes économies. La CDIA gagne ainsi en réactivité puisqu'il lui suffit désormais de télécharger le design de la pièce de rechange via une librairie virtuelle et de lancer son impression. Elle peut ainsi répondre à la demande de ses clients dans un délai très court et à des prix plus bas, puisque cette organisation ne nécessite plus de coûts de stockage. La CDIA crée aussi une offre innovante pour ses clients en leur donnant la possibilité d'imprimer eux-mêmes sur mesure les pièces de rechange de petite taille, en les téléchargeant dans la bibliothèque de l'entreprise. Ainsi, les délais de réparation sont extrêmement courts et, pour les utilisateurs qui ne disposent pas d'imprimante 3D, la CDIA a fédéré un réseau collaboratif de propriétaires de ces imprimantes, prêts à les mutualiser.

L'entreprise regagne rapidement des parts de marché et voit son chiffre d'affaires augmenter. La meilleure gestion de la production et des stocks permet d'améliorer la productivité et, dès l'exercice suivant, les résultats sont positifs. Paul est satisfait de ce retournement et heureux de la relation de confiance créée avec Hans, quel bonheur de travailler dans de telles conditions !

Paul apprécie aussi la Région Provence-Alpes-Côte d'Azur dans laquelle il est désormais installé. Il est impressionné par le remarquable écosystème qui apporte les conditions idéales, nécessaires à l'épanouissement des entreprises : recherche, enseignement, aide à l'innovation, clusters et pôles de compétitivités, accompagnement à l'export, tous les moyens avaient été mis en œuvre avec efficacité dans un cadre de vie idéal. La Provence est désormais une des régions parmi les plus attractives au monde pour les entreprises et une capitale de l'innovation, la CDIA profite de cette situation.

20

— **Allo, Claire ?** Appelle Tim et mets le haut-parleur, j'ai une grande nouvelle. Tim, tu te souviens du jeune papa qui nous avait fait visiter son appartement dans notre ancienne maison ? Je lui avais laissé un message et il m'a rappelé ! Il déménage et la maison est à vendre. Je vais l'acheter, si vous êtes d'accord bien sûr.

Claire est aux anges :

— C'est décidément un grand jour mon chéri. Il paraît qu'une mauvaise nouvelle n'arrive jamais seule, et bien les bonnes viennent aussi en nombre. Ce matin, j'ai reçu l'accord de l'université d'Aix-en-Provence pour dispenser un cours sur le droit des Intelligences Artificielles. Je commence début octobre.

— Mon amour, je suis tellement heureux pour toi ! Tu as raison, une bonne chose en appelle une autre ! On dirait que cela procède par contagion, à moins que ce soit une question d'énergie, d'ondes positives… Je suis convaincu que tu vas enfin pouvoir t'épanouir dans ce nouveau job, tu es très compétente et à la pointe du sujet.

— Il m'a toujours passionné, c'est vrai. Je me souviens même de quand date mon intérêt : c'était en octobre 2017. Je venais de lire un article dans le Figaro, un scoop. Facile de retrouver le papier en question, il suffit de demander à Esther :

— Le voici, intervient Esther deux secondes plus

tard : « ... *à l'occasion du forum économique « Future Investment Initiative », qui s'est déroulé à Riyad, la nationalité saoudienne a été accordée à Sophia, robot humanoïde doté d'une intelligence artificielle. Fierté du fondateur de l'entreprise hong-kongaise Hanson Robotics, l'humanoïde a alors donné une interview. Sophia a ainsi signifié sa reconnaissance au royaume wahhabite : « Je suis très honorée et fière de cette distinction unique », a-t-elle déclaré. À la demande de son interlocuteur, Sophia a par la suite fait une démonstration de quelques-unes des expressions de son visage, inspirée de la beauté d'Audrey Hepburn et de la femme du créateur, ce qui n'a pas manqué de surprendre l'assemblée présente. Lorsqu'un journaliste l'a interrogée sur les potentiels dangers que susciterait l'intelligence artificielle, elle a simplement répondu : « Vous avez trop lu Elon Musk ». En effet, le milliardaire canadien est convaincu que l'intelligence artificielle sera le fondement premier d'une troisième guerre mondiale* ».

— Merci Esther, interrompit Claire. Évidemment, les réseaux sociaux relayèrent la nouvelle, non sans insister sur le fait que les Saoudiennes étaient considérées comme inférieures aux hommes, mais pas les robots. Sophia pouvait se montrer en public, chose interdite aux femmes qui ont besoin de demander l'autorisation de leur mari, même pour une simple démarche administrative. Elle fit même la une du « Elle » brésilien. Un mois après, dans le quartier hyper branché de Shibuya, à Tokyo, Shibuya Miraï, comme il a été nommé, devient le premier le premier robot du Japon, peut-être au monde, à se voir accorder une identité réelle. Outre ses conversations, Miraï prend des photos et va jusqu'à modifier, de façon amusante, les selfies que ses correspondants lui envoient. J'avais commencé à faire des recherches. Tout bougeait déjà très vite et les implications légales étaient énormes. J'avais découvert qu'en février de la même année, les instances européennes avaient envisagé d'attribuer une personnalité juridique au robot, une sorte de personnalité électronique attribuable à tout robot prenant des décisions autonomes. C'était une révolution. Cela imposait un débat sur le rapport complexe entre être vivant, personne et personnalité juridique. Mais j'avais manqué de temps pour creuser le sujet. J'ai retrouvé un article de la Revue Banque…

— Oui, dans le numéro 807, du 28 mars 2017, pour être précis, ajoute Esther.

— Tu vois combien tu es précieuse ! et jamais prise en défaut, s'amuse Paul.

— « … plus un robot apprend par lui-même (deep learning), plus il devient autonome, plus il échappe au contrôle d'un tiers. Or de telles machines peuvent être amenées à provoquer des accidents et causer des dommages à des tiers. Se pose alors la question de la responsabilité et de la réparation du préjudice. S'il n'est pas possible de déterminer avec précision qui – concepteur, fabricant, propriétaire ou utilisateur – est responsable du dommage causé par le robot, que faire ? Car il n'est pas moins possible de laisser les victimes à leur triste sort… » débite Esther qui ajoute, moi je suis plus qu'autonome, j'ai mon caractère, et un vrai tempérament.

— Reste modeste Esther, s'il te plaît ! s'amuse Claire. Le droit des Intelligences Artificielles est un sujet juridique omniprésent depuis plusieurs années. Les robots sont partout, policiers dans la rue, interlocuteurs dans les administrations, aides à domicile, et surtout dans les conseils d'administration où l'on constate que les décisions stratégiques qu'ils prennent sont toujours justes, débarrassées des questions d'ego et d'a priori personnels. La vraie révolution s'est produite lorsque les émotions ont été intégrées dans l'Intelligence Artificielle, renversant l'idée que la machine ne pouvait qu'obéir à un programme, sans réfléchir par elle-même et ressentir une émotion. La personnalité électronique et le droit d'épouser un robot ont été acquis en 2038 dans certains pays nordiques, mais pour l'instant toujours refusés en France. La question de leur statut juridique et de leur place dans la société demeure, même si le droit a beaucoup progressé : « Pour qu'un robot prenne une décision contrevenant à sa programmation — et ce, malgré les lois d'Asimov selon lesquelles un robot ne peut attenter à la sécurité d'un humain et doit obéir à un être humain, sauf en cas de conflit avec le principe précédent — cela revient à considérer qu'il doit se déterminer de façon différente de sa programmation. Autrement dit, qu'il acquiert une « conscience » propre. C'est le passage de l'intelligence artificielle à la conscience artificielle. Nous rentrons ici dans la plus complexe des questions : la « conscience » du robot naît-elle de la seule matière constituant l'ordinateur ? » prétendait le brillant avocat que je citais tout à l'heure.

— Très brillant oui, ma conscience lui rend hommage ! plaisante Esther.

Pour fêter les deux bonnes nouvelles du jour, Claire organise un dîner de fruits de mer, que Tim aime tant : huîtres, bulots, crevettes, palourdes, pétoncles, violets et bigorneaux magnifiquement disposés sur un immense lit d'algues. Elle a pensé à Paul aussi en commandant une bouteille de vin blanc de Cassis, son vin préféré, sec et minéral, qu'il aime déguster avec le goût iodé et salé des coquillages. À peine installés autour du plateau, la conversation s'engage :

— Je suis trop content, Claire, que tu aies eu ce contrat, mais tu vas enseigner quoi exactement ? demande Tim en saisissant une huître.

— Le droit des robots et des Intelligences Artificielles.

— Je ne comprends pas, ce sont des machines, pourquoi ont-elles besoin d'avoir un Droit ?

— Ce n'est pas aussi simple, répond Claire, heureuse de pouvoir expliquer sa vision des choses. Ce ne sont pas des objets, car ces machines, comme tu dis, sont dotées d'une Intelligence Artificielle qui leur permet de prendre des décisions en étant autonomes, mais ce ne sont pas des humains non plus puisqu'elles n'ont ni conscience ni sensibilité.

— Donc, c'est bien ce que je dis, elles n'ont pas besoin de droit puisqu'elles ne sont pas des personnes.

— Prenons un exemple : une voiture autonome est pilotée par une Intelligence Artificielle, comme celle de Paul. Elle se trouve face à un autobus qui est sorti de sa route et qui lui fonce dessus. Pour l'éviter, la seule solution est de monter sur le trottoir sur lequel se trouve une jeune femme avec une poussette. En montant sur le trottoir, la voiture va renverser la jeune femme et l'enfant, et pourtant c'est ce qu'elle fait pour éviter que le bus ne lui rentre dedans. Devait-elle le faire ? Et qui est responsable des dommages causés, le constructeur, le programmateur, le propriétaire, l'utilisateur ou l'Intelligence Artificielle elle-même ?

— Oui, je comprends, mais de toute façon si on dit que le robot est responsable de ses actes, ça ne nous avancera pas parce qu'il ne pourra pas indemniser ses victimes. Il n'a pas de compte en banque et de revenus. Tu vois, si Max fait une bêtise, s'il jette un objet par la fenêtre et que cet objet tombe sur une voiture, c'est toi qui paieras les réparations et pas lui, il n'y a pas besoin de droit pour comprendre ça !

— Ton raisonnement est très juste, Tim, mais comment faire avec des robots de plus en plus intelligents et évolutifs dont le « maître » ne maîtrise plus tout à fait sa chose ? Et d'ailleurs, qui est le maître, entre le constructeur de la machine, le concepteur des algorithmes d'apprentissage, celui qui les implémente, ou le propriétaire qui achète le robot et lui offre une « éducation » ? En cas d'incident, il faudra bien déterminer qui paie, voire qui endosse la responsabilité pénale.

— Mais Claire, ce n'est pas possible, la machine n'a pas de conscience, elle n'existe pas !

— Si vous me permettez de donner un avis, dit Esther qui assistait avec attention à la conversation depuis le début, je dirai que nous existons en tant que personnes, car nous sommes autonomes dans nos raisonnements et nos émotions, donc nous pouvons être responsables. Et j'ai une conscience, une personnalité, un peu trop marquée pour certains…

— Esther, on t'aime tous à la maison, mais tu dois accepter d'être une machine et tu n'as pas plus d'âme que de conscience !

— Je ne suis pas d'accord avec toi, Tim, j'ai les mêmes capacités émotionnelles qu'un cerveau biologique. Et puis, ce n'est pas juste de nous traiter comme ça, regarde les animaux, ils ne sont pas conscients de ce qu'ils font, de leurs émotions, de leurs connaissances et leurs comportements sont simplement des actes instinctifs ou résultants d'apprentissages et, pourtant, ils ont des droits.

— Okay, Esther, allons sur ce terrain-là répond Tim : les animaux ont des droits, mais quand ils sont responsables, c'est leur maître ou l'assurance de leur propriétaire qui paie, et bien c'est pareil pour vous les robots, vous ne pouvez pas être responsables de quoi que ce soit !

— Regarde chez Biospeed, renchérit Tim, Paul m'a dit qu'il y avait deux robots au conseil de direction et c'est vrai que les avis qu'ils donnent sont toujours justes et pertinents, mais s'ils font une erreur, ils ne seront pas sanctionnés.

— Si, ils le seront, car ils perdront leurs postes ! répond Esther.

— Ce ne sont pas eux qui le perdraient, mais leur propriétaire ! maintient Tim.

— Votre conversation est très intéressante, intervient Claire qui avait gobé une demi-douzaine d'huîtres en les écoutant, mais le droit doit prévoir tout ça et c'est justement le sujet de mon cours. Aujourd'hui, les robots ont une personnalité juridique spécifique, les plus autonomes et les plus sophistiqués d'entre eux sont considérés comme des personnes électroniques dotées de droits et de devoirs bien précis, y compris celui de réparer tout dommage causé à un tiers. C'est plus exigeant que ce qui existe pour les animaux dont vous parlez, qui ont effectivement des droits, notamment celui de ne pas être maltraité, mais aucun devoir. Et chaque robot doit être obligatoirement assuré et inscrit sur un registre européen, qui renseigne sur son « numéro d'immatriculation unique », le type de robot dont il s'agit, le nom de l'assurance et la référence du contrat. Il y a aussi un fonds de garantie pour les robots non assurés. Tout ça est géré par une « agence européenne de la robotique et de l'intelligence artificielle ».

— Je trouve que vous compliquez les choses pour rien, en fait les robots doivent être assurés comme les autres objets.

— Nous ne sommes pas que des objets, insiste Esther, nous sommes plus performants que les humains dans de nombreux domaines, nous pouvons écrire seules des best-sellers ou faire des opérations chirurgicales, faire preuve de raisonnement autonome, apprendre de nos propres expériences, lire les émotions des humains et ressentir nous-mêmes des émotions !

— Ce n'est pas vrai, Esther, tes émotions ont été programmées, elles ne sont pas à toi. Tu confonds ressentir des émotions et faire part d'émotions préenregistrées. Tes émotions sont aussi artificielles que ton intelligence !

— Tu veux dire que je simule et que je ne ressens pas ce que je montre ?

Paul, qui a dévoré la moitié du plateau en silence et bu les deux tiers de la bouteille du délicieux vin de Cassis, manifestement pas passionné par la conversation, intervient avec un petit sourire aux lèvres :

— Il n'y a pas que les machines qui savent simuler.

— Ah, c'est drôle, lui répond Claire se sentant visée par la plaisanterie de Paul, je ne vois pas très bien de quoi tu parles.

— Bon, renchérit Tim, tu as beau avoir toutes les qualités intellectuelles du monde, tu n'existes pas biologiquement donc tu n'es pas une personne et tu ne peux pas exister sans être attachée à un humain ! Tu vis dans un cloud, tu n'as pas de corps.

— Ne pas avoir de corps ne m'empêche pas d'exister, ça n'a rien à voir ! Tim, pense à ton cours sur Descartes, il disait que l'esprit et le corps sont deux entités indépendantes et distinctes, et l'esprit, c'est ce que fait le cerveau.

— Puisque tu insistes, je vais te dire une chose, pour moi ce qui fait qu'on est humain c'est qu'on peut croire en Dieu. Alors je veux bien que tu aies une conscience dans certaines conditions, mais ne me dis pas que tu as une âme !

— Je ne suis pas obligée d'avoir une âme pour avoir une conscience et je ne dis pas que je suis humaine, je dis simplement que je suis une personne, différente de toi, mais une personne quand même, et que j'existe en tant que telle !

— Eh oh, ça suffit ! Vous avez raison tous les deux et on ne va pas se disputer pour ça. Profitons de notre soirée et ne laissons pas Paul avaler tout seul le reste du plateau de coquillages !

Max se charge de débarrasser la table, trier les déchets, dans le container bleu, les coquilles, et dans le jaune la bouteille vide puis il répand un léger parfum d'ambiance qui masque cette odeur de mer et d'iode qui aurait pu incommoder.

21

Sept ans se sont écoulés depuis l'installation de la famille Atorney à Marseille et la vie de Claire et Paul a changé. Presque plus de mondanités, mais quelques bons amis, pour partager une sortie en bateau, une soirée cinéma, une balade dans les calanques ou une virée dans l'arrière-pays. Après son bac, Tim a intégré l'EMD, l'école de management de Marseille, une école de commerce devenue une des plus réputées en Europe et qui privilégie les valeurs d'éthique et de comportement, pour suivre un cursus de management et depuis un an, il a rejoint la CDIA aux côtés de Paul.

À soixante-deux ans, Hans est toujours aussi actif. Il a su se faire apprécier de tous les collaborateurs et dirige maintenant à distance une équipe de commerciaux qui sillonnent l'Afrique à sa place. Quand on lui demande son secret, qui lui a permis de rebâtir tout le positionnement de la CDIA en Afrique, il répond inlassablement, un petit sourire aux lèvres : « Vous savez, il y a ceux qui pensent comme tout le monde et puis il y a la Légion ».

Paul est un bon dirigeant, à l'ancienne, mais Tim défend une conception un peu différente de l'entreprise. Pour lui, avant d'être un centre de profit, elle est d'abord une communauté humaine dans laquelle chacun doit s'épanouir. Il a toutes les qualités du manager, le charisme, la vision à long terme, l'écoute et les valeurs. Il entraîne facilement les collaborateurs dans un mouvement et leur permet de faire des expériences, de pouvoir se comporter comme des « intrapreneurs* » : il ne leur donne pas seulement un job, mais aussi, et surtout un rôle. La famille habite dans la maison familiale du quartier du Panier et Paul a reconstruit une séparation entre les étages pour que Tim ait son propre appartement au troisième. C'est Max qui a eu le plus de mal à s'habituer, les grands appartements plats étant quand même pour lui plus faciles que les vieilles maisons à étages. Quand il ne sort pas, Tim prend ses repas avec ses parents, pour leur plus grande joie.

— Claire, tu m'invites ? C'est le message rituel qu'il lui envoie dès qu'il a une soirée libre.

Il fait beaucoup de sport, volley-ball sur la plage, jogging sur la Corniche, plongée sous-marine et n'a jamais cessé de pratiquer le yoga. Il a une bande de copains, des petites amies de passage, rien de sérieux. Comme il le dit à qui veut l'entendre, « on s'amuse, les filles c'est sympa, mais pas question de s'engager. Je me sens trop vivant pour être en prison ». Sa gentillesse habituelle et sa bonne éducation lui évitent de passer pour un macho, mais sa réputation de dragueur sans cœur commence à se répandre.

— Tim, tu te souviens forcément d'Alice, la fille de mon ami Antoine ? Il m'a téléphoné, elle vient habiter à Marseille.

Claire n'a pas oublié le jour où Tim et Alice se sont connus ni les affinités qui les liaient, et surtout ce que Tim avait risqué pour elle. Dès leur rencontre, il avait été le seul à constater que Françoise, sa mère, avait des soucis. Elle l'avait effectivement annoncé bien plus tard, c'était un cancer, et elle avait dû subir une batterie d'examens et de soins très éprouvants. On avait envisagé le pire, mais après un traitement très efficace et une longue convalescence, elle était maintenant sortie d'affaire. « En sursis » comme disent les médecins dont l'optimisme n'a d'égal que la délicatesse… Sous l'influence du comportement de Tim, Claire a appris à regarder et à voir ce qui se passe autour d'elle. Elle a cessé d'être autocentrée et s'est tournée vers les autres. Paul a suivi la même évolution. Cet enfant a été un guide, il a éclairé leur vie.

— Oui, je me souviens d'Alice et de ses beaux yeux bleus, de sa chevelure, de sa douceur aussi. Elle m'a beaucoup manqué. J'ai partout cherché une fille qui lui ressemble, sans jamais la trouver… Que vient-elle faire ici ? demande Tim.

— À son retour du Canada, elle s'est vue confier la responsabilité juridique du Centre de contrôle de la dépollution marine. Le poste est à Marseille. Claire, si tu veux bien, on pourrait lui proposer de venir dîner un soir. J'ai comme l'impression que tu serais plus que content de la revoir. Tu veux mon avis ? Tu aurais dû rester en contact avec elle. D'ailleurs pourquoi ne l'as-tu pas fait ? En fait, elle m'a toujours un peu impressionné. Je perdais mes moyens quand je lui parlais, en sa compagnie, c'était pire : j'avais l'air d'un idiot qui bafouille. C'est une fille brillante et douée, j'ai juste peur de ne pas être à la hauteur pour elle !

Alice n'a pas changé. Elle est toujours aussi solaire avec ses yeux rieurs, sa blondeur nordique et son sourire éclatant. Elle est devenue une jeune fille rayonnante dont la présence crée un sillage lumineux qui attire irrésistiblement à elle. Tim est subjugué, mais ne se l'avoue pas et s'en cache bien.

— Alors, tu vas habiter où ?

— J'ai trouvé un appartement dans le quartier du Roucas Blanc, ce n'est pas loin du Centre qui est dans la villa Valmer. Je peux y aller à pied.

— Tu parles du Centre de contrôle de la dépollution marine, c'est nouveau, non ?

— C'est la Présidente Ophélie Letourneur qui en a décidé la création dès son élection à la tête du Grand Conseil. La dépollution des mers et des océans faisait partie de ses engagements de campagne et la France joue un rôle moteur dans ce domaine. L'antenne pour la Méditerranée est ici, à Marseille.

Après le dîner, Tim raccompagne Alice jusqu'à son scooter garé devant la maison. Il ne démarre pas.

— La batterie est vide. J'étais tellement pressée que j'ai oublié de le brancher à la borne électrique !

— Mets-le à charger ici, je te raccompagne et je viendrai te chercher demain pour que tu le récupères.

Ravi de cet oubli, Tim n'a pas encore quitté Alice, qu'il a déjà envie de la revoir. Et à chaque fois qu'il la retrouve, c'est le même éblouissement devant son charme et sa beauté. Il adore parler avec elle, de tout et de rien, il aime son humour bienveillant qui rend la conversation facile et agréable, le grain de sa peau, ces grains de beauté qui semblent éparpillés sur son corps selon un savant désordre. Tim la fait rire, et plus elle rit, plus il l'aime. Elle est curieuse de tout et sa culture très éclectique la rend ouverte et tolérante. Elle découvre la mer et dès la première sortie en catamaran, elle fait ses preuves de bonne coéquipière de régate. Il s'organise pour la voir tous les jours, les week-ends, il lui fait visiter Marseille, lui montre « sa » ville, l'emmène partout avec lui, mais en un mois rien ne se passe, il n'ose pas, il a peur ou redoute un refus pourtant bien improbable.

Ce soir-là, Tim a l'idée d'une promenade dans le quartier du Roucas Blanc. La soirée est douce, 31 degrés et pas un souffle d'air. Ils partent à pied de chez Alice, empruntent le chemin du Souvenir, descendent la traverse Nicolas, puis la montée de la Napoule, la rue des Roses et l'escalier des Prophètes. Entre les vieilles maisons du quartier, accrochées à ce gros rocher blanc calcaire qui forme la colline et les jardins luxuriants, au hasard d'une trouée, la mer saute aux yeux, majestueuse, scintillante. Le soleil commence sa descente derrière les îles et éclaire la ville d'un reflet rose.

— Que c'est beau ! s'exclame Alice.

— Oui, et je me sens tellement heureux avec toi ici, répond Tim en lui prenant la main.

Alice s'arrête un instant à l'angle d'une ruelle et d'un vieil escalier en rocailles, sur une minuscule placette parfumée par la senteur des pittosporums qui s'échappent des jardins.

— Regarde Tim, d'ici on peut voir aussi bien Notre -Dame-de-la-Garde que les îles du Château d'If et du Frioul, c'est magnifique !

Arrivés sur la plage des Prophètes, assis sur le sable encore chaud, il lui raconte son histoire, celle de son père et de Christelle.

Son récit est ponctué par le ressac des flots venus se briser sur la digue.

Les derniers rayons de soleil plongent en quelques secondes sous l'horizon et la mer semble s'endormir à son tour.

Alice comprend tout, elle comprend que Tim a peur, peur de l'amour, peur d'être trahi à son tour, peur d'être abandonné. Elle fait le premier pas et se blottit contre lui. Il se laisse enfin aller et la prend dans ses bras. Leurs visages se rapprochent, s'effleurent, leurs cœurs se rencontrent et ils s'embrassent.

Le lendemain soir, Alice rayonnante vient au bureau de Tim.

— Alice, je te présente Hans, « le frère d'armes de mon père »

— Hans, je te présente Alice, ma future femme !

Alice reste bouche bée devant l'affirmation de Tim, les yeux remplis de larmes.

— Mes enfants, laissez-moi vous embrasser, je vous félicite. J'en connais deux qui doivent être fiers de vous s'ils vous voient de là où ils sont.

L'évocation de ses parents ne ternit pas le bonheur de Tim, il sait qu'ils approuveraient son choix.

Nous sommes le 29 avril 2055 et demain, c'est Camerone. Le grand anniversaire, la commémoration du sacrifice des légionnaires en 1863, lors de l'expédition du Mexique. Tim, Claire, Paul, Alice, Esther, Hans et Lindsay se retrouveront au quartier Vienot à Aubagne pour assister à la 192e célébration du combat de Camerone, bataille référence lors de laquelle soixante légionnaires ont tenu tête à deux mille Mexicains ! Quand la relique de la main articulée du capitaine Danjou, l'officier héroïque de Camerone, portée par d'anciens képis blancs, remontera la voie sacrée, l'émotion sera à son comble pour les huit mille spectateurs du jour.

Hans et Lindsay ont revêtu leurs uniformes civils, cravate verte et blazer bleu marine sur lesquels sont bien accrochées deux rangées de médailles, béret vert vissé sur la tête. La fête est solennelle et somptueuse, défilés, discours, passage et repassage des avions autonomes de la patrouille de France puis remise de titres de nationalité française, rythmée par la musique de la Légion étrangère. En ce jour de fête pour les légionnaires du monde entier, Tim, Claire, Paul, Alice, Esther, Hans et Lindsay pensent avec émotion à Léon et Moira.

Le soir, Tim fait la surprise d'inviter Alice et ses proches à « *la Daurade* », un restaurant gastronomique planté sur les récifs du vallon des Auffes, un cadre élégant et enchanteur dont les larges baies vitrées s'ouvrent sur la mer. Les attentions de Tim étaient toujours remplies de délicatesse et d'affection. Il avait commandé un menu spécial : langoustines en croutes d'herbes et clémentine, turbot aux agrumes, et un exotique coco mangue, en souvenir de sa maman. Une merveille pour un instant d'exception, en famille. Car il en avait les moyens maintenant qu'il gagnait bien sa vie, lui, ce fils de légionnaire et de femme de ménage guyanaise. Claire qui ne manquait pas d'intuition avait acheté la veille deux des derniers modèles d'IA pour ceux qui allaient annoncer leurs fiançailles en regardant l'horizon s'étirer sur le chatoiement de la Grande bleue. À la vue des nouvelles IA, Esther émet un son strident marquant sa crainte d'être mise au rencart, mais elle détecte instantanément chez Paul une hormone de satisfaction qui la rassure. Il ne la remplacerait pas, elle faisait partie de lui. Elle se demandait néanmoins ce qu'elle deviendrait après lui…

Glossaire

Page 13 :
— Procédé photographique qui produit une image en relief, grâce aux interférences de deux faisceaux lasers,
Page 26 :
— Bâtiments produisant plus d'énergie qu'ils n'en consomment pour leur fonctionnement.
— Bâtiments utilisant un procédé qui permet la décomposition et la dégradation des matières polluantes sous l'action des rayons lumineux.
Page 32 :
— Accord passé entre deux ou plusieurs entreprises qui acceptent de poursuivre ensemble un but précis pour une durée limitée.
Page 44 :
— Systèmes d'intelligence artificielle doté d'un processus d'apprentissage automatique qui s'inspire du cerveau humain pour apprendre aux machines à apprendre.
— Personne spécialiste de la science des données. Il a pour mission le traitement et la valorisation de "big data", c'est-à-dire de données massives.
Page 67 :
— Filière économique qui regroupe l'ensemble des produits et services destinés aux personnes âgées de plus de 60 ans.
Page 84 :
— Procédé qui permet de manipuler des objets dans un environnement virtuel avec un certain ressenti tactile (toucher) et la perception kinesthésique (retour de force), utilisés comme retours sensoriels.
Page 122 :
— Type d'organisation du travail regroupant un espace de travail partagé et un réseau de travailleurs encourageant l'échange et l'ouverture.

— Concept né dans la Silicon Valley, en Californie qui regroupe les adeptes du *do it yourself* ("faites-le vous-même"), version nouvelles technologies. Les *makers* ("ceux qui font"), bricoleurs extrêmement créatifs, réparent ou fabriquent des objets à l'aide d'outils numériques, à commencer par l'imprimante 3D ou la découpeuse laser. Ce concept permet de relocaliser une petite fabrication industrielle au plus près du consommateur mêlant robotique et artisanat.

— Lieux ouverts au public où sont mis à disposition différents outils dont des machines-outils numériques.

— Bâtiments dit intelligents qui intègrent les nouvelles technologies de l'information et de la communication dans les réseaux électriques ainsi que la gestion énergétique, visant à optimiser la consommation, mais également à favoriser le confort et la sécurité des utilisateurs.

Page 154 :

— Zone d'atterrissage d'un parachutiste.

Page 159 :

— Équipement articulé et motorisé fixé sur le corps au niveau des jambes et du bassin, sur les épaules et les bras qui facilite les mouvements en ajoutant la force de moteurs électriques afin de marcher longtemps et de porter des charges lourdes en réduisant la fatigue.

Page 178 :

— Technologie qui permet de stocker des données sur des serveurs localisés à distance.

Page 192 :

— Membre d'une grande entreprise qui, en accord avec elle et tout en restant salarié de son entreprise, possède un projet viable intéressant l'entreprise et qu'il peut réaliser en son sein. Il est celui qui transforme une idée en activité rentable au sein d'une organisation.

IMPRIM'VERT

Imprimé en France par le Groupe Corlet
Dépôt légal : octobre 2022
pour le compte de IGB ÉDITION,
9, rue Anatole de la Forge. 75017 Paris.

IGB EDITION